OPERACIÓN JAQUE:
SECRETOS NO REVELADOS

J. G. Ortiz Abella
Steven S. Dudley - *USA: Un ejército fantasma*
Simón Romero - *U. S. Aid Was a Key to Hostage Rescue in Colombia*
Juan Forero - *In Colombia Jungle Ruse, U.S. Played A Quiet Role*
Claude-Marie Vadrot - *Liberation d'Ingrid Betancourt: ce que ne dit pas la version officielle*

OPERACIÓN JAQUE: SECRETOS NO REVELADOS

EDITORIAL OVEJA NEGRA

1ª edición: septiembre de 2008

© **J. G. Ortiz Abella, 2008**
jgortiza08@gmail.com

© **Editorial La Oveja Negra Ltda., 2008**
editovejanegra@yahoo.es
Cra. 14 N° 79 - 17 Bogotá, Colombia

© **Steven S. Dudley, 2008**, por el capítulo *USA: un ejército fantasma*
stevensdudley@gmail.com

© **The New York Times, 2008,** por *U. S. Aid Was a Key to Hostage Rescue in Colombia by Simón Romero*

© **The Washington Post, 2008,** por *In Colombia Jungle Ruse, U.S. Played A Quiet Role by Juan Forero*

© **Claude Marie-Vadrot, 2008**, por *Liberation d'Ingrid Betancourt: ce que ne dit pas la version officielle* - MediaPart www.mediapart.fr

Fotografías de las páginas 125 y 175 cedidas por *www.presidencia.gov.co.*

Fotografías de las páginas 25, 97, 140, 141 y 142 tomadas de *web.presidencia.gov.co/sp/2008/julio/02/operacion_jaque.pdf*

ISBN: **978-958-06-1110-3**

Impreso en Colombia - Printed in Colombia x BAHBAN

A *la mujer de mis desvelos...*

A mi familia...

A Marco Tulio Díaz O.,
buscador de la verdad...

A la Libertad...

CONTENIDO

PARTE IV
EL EFICAZ PROTAGONISMO COLOMBIANO
EN LA OPERACION JAQUE

PARTE V
LAS HISTORIAS DE LOS SECUESTRADOS

PARTE VI
EL CÁNCER TERMINAL DE LAS FARC

EPÍLOGO
INGRID BETANCOURT

PARTE
I

ANTECEDENTES DE
LA OPERACIÓN JAQUE

Steven S. Dudley

1

Usa: Un ejército fantasma

Por Steven Dudley*

Periodista investigador y colaborador de *The Washington Post*, *Miami Herald* y *National Public Radio*.

En Colombia hay un ejército fantasma. Ese ejército se formó justo después de la caida del avión Cessna Caravan 208, el 13 de febrero de 2003, en Caquetá, en el que viajaban cuatro norteamericanos y un colombiano. El avión utilizaba un sofisticado sistema de microondas para localizar plantaciones de coca, un sistema de mira infrarroja y un equipo de comunicación satelital para ubicar agrupaciones de guerrilleros en sus campamentos y puntos de control.

La columna Teófilo Forero de las Fuerzas Armadas Revolucionarias de Colombia vio que el avión estaba volando sospechosamente bajo y, tras conseguir permiso de sus jefes por radio, dispararon en contra, averiando aún más al avión que ya estaba experimentando problemas técnicos, forzándolo a abandonar su trayectoria hacia territorio más seguro y obligándolo a efectuar un aterrizaje de emergencia. Cuando el avión finalmente cayó, los guerrilleros celebraron su triunfo. Irónicamente, esos mismos gritos de victoria, grabados por equipos radiotransmisores, se utilizarían años después como evidencia en contra de "Simón Trinidad" en las Cortes Norteamericanas. Pero entonces la guerrilla no sabía que la guerra, que había luchado exitosamente por cerca de 40 años, estaba a punto de cambiar. Los guerrilleros se acercaron al avión y lo tomaron por la fuerza. Después asesinaron al único colombiano, Luis Alcides Cruz, Sargento del Ejército, y a uno de los norteamericanos, Thomas Janis, veterano de Viet Nam y piloto de la operación. El colombiano parecía haber recibido una bala en el estómago cuando los subversivos determinaron que estaba demasiado herido para tomar como rehén y al norteamericano le dispararon con un AK-47 cuando intentaba huir del lugar.

Como habían recibido una llamada de emergencia del avión, los norteamericanos y colombianos movilizaron unos helicópteros de respuesta rápida de la base militar en Larandia, uno de ellos con un contratista de la CIA, quien logró ver a la columna llevándose a los rehenes a la selva. Según un miembro del equipo de rescate, la Embajada Norteamericana y el gobierno colombiano dijeron que una respuesta militar en ese momento podría haber provocado la muerte de los tres detenidos, así que el contratista tuvo que permanecer inmóvil y observando cómo sus compañeros se perdían de vista selva adentro.

El procedimiento estándar de los Estados Unidos en caso de secuestro de sus ciudadanos es enviar un equipo de dos o tres investigadores del FBI, pero este caso era diferente, pues los detenidos eran personal de la Embajada, así que en vez de dos o tres agentes, se movilizaron docenas de personas del Departamento de Estado, el Departamento de Defensa, la CIA, la Agencia de Seguridad Nacional (NSA), la Agencia de Inteligencia de Defensa (DIA) y el FBI. Pilotos, ingenieros, investigadores, analistas, soldados, diplomáticos y secretarias se juntaron en una operación de rescate sin precedentes en Colombia. Uno de los participantes en el operativo en Washington D. C. dijo que sólo en fuerzas especiales del ejército, los Rangers, se enviaron más de 100 hombres, subiendo el número de fuerzas militares en el país por encima de los permitidos por la ley de Estados Unidos en ese entonces. Para entender la importancia de ese evento, estos mismos Rangers fueron los primeros soldados norteamericanos en la historia de Colombia en participar en un operativo militar cuando, el día después del secuestro, custodiaban un equipo del FBI mientras revisaban la escena del crimen.

De hecho, los primeros días después del secuestro fueron los más agitados. De inmediato las múltiples agencias comenzaron a estudiar el terreno, a recolectar información sobre los supuestos secuestradores y a peinar la zona a pie y desde el aire. El ejército y la policía colombiana los ayudaron colocando un cordón de seguridad en el área en la que cayó el avión y deteniendo a cualquer sospechoso. Uno de los ellos era un colaborador de las Farc quien estaba poniendo minas antipersonales en el área para impedir el avance de las tropas cuando una mina se le estalló dejándolo sin una mano y bajo custodia de la policía.

La CIA estableció una base de operaciones en Larandia que ellos llamaban el "Field House" o "Casa de Campo". La casita tenía de todo, desde televisión por cable hasta interceptores de radio y máquinas para procesar imágenes satelitales. La CIA se concentraba en las interceptaciones de radio y los intentos de triangular la información con otras interceptaciones o inteligencia humana y, a su vez, cuando había inteligencia humana, se confirmaba esa información con las interceptaciones. Si llegaban a tener información prometedora se corroborada por ambas fuentes, mandaban a tomar fotografías satelitales del lugar. Todo ese trabajo de inteligencia pasaba a formar parte del archivo de información que se reunía en Bogotá para planear y coordinar futuras acciones.

En la Embajada Norteamericana se estableció un centro de operaciones desde donde se tenían reuniones diarias para analizar esa información, junto con la recopilada por el ejército colombiano, la NSA, la DIA, que en su mayoría trabajaban desde Bogotá, y el FBI que estaba trabajando en Bogotá y en el campo.

Por su parte, el FBI tenía dos trabajos principales: ayudar en la búsqueda de los secuestrados y crear un caso jurídico en contra de los secuestradores. Por esto fueron los primeros en inspeccionar el avión caído y la escena de crímen en Caquetá. Allí, cerca del avión quemado, estaban los cadáveres del norteamericano y del colombiano asesinado. Luego, junto con los miembros del CTI de la Fiscalía colombiana, presidieron las autopsias y así comenzaron el primer caso jurídico conjunto en contra de las Farc, un aspecto menos apreciado en la búsqueda, pero igualmente determinante en el proceso.

El segundo trabajo del FBI, junto con la CIA, era "mover cielo y tierra" para lograr su objetivo. Es decir, hacer lo que fuera necesario, crear contactos, buscar fuentes, para mantener la ubicación general de los secuestrados por cielo y tierra. No fue fácil. La topografía de la zona les daba problemas a los pilotos que mantenían la búsqueda desde el aire. De hecho, los Estados Unidos habían perdido cerca de 30 helicópteros en los tres años anteriores y un mes después del secuestro de los tres norteamericanos otro avión estadounidense, que iba a monitorear radiocomunicaciones desde el aire, chocó con una torre de radio cuando despegaba dejando a tres norteamericanos más muertos en las montañas de Caquetá.

Pero finalmente, cuando lograron sobrepasar los muchos obstáculos, tenían un área reducida en la que no se podía realizar operaciones de búsqueda porque la guerrilla mantenía un control territorial y, cuando lograban llegar a puntos donde operaban los insurgentes, no lograban verlos porque las enormes carpas verdes que usaban para camuflarse en la selva los protegían.

Además, había problemas en el terreno. La guerrilla tenía ventajas militares y una gran trayectoria con los campesinos de la zona, habían hecho rutas clandestinas y túneles. Los investigadores lo sentían de inmediato porque pasaban días en pueblitos en Caquetá tocando puertas y hablando con campesinos que decían que no sabían nada o que no habían visto nada, siempre nada. Aún más, estas respuestas parecían ser macabramente sensatas, pues en las pocas ocasiones en las que lograron conseguir informantes, éstos fueron asesinados o desaparecidos. Tal fue el caso de un campesino anónimo que tenía información de dónde podrían estar los secuestrados. Después de corroborar la información el FBI le dio unas "luciérnagas", pequeñas señales infrarrojas que él podría colocar en el árbol de la finca donde estarían los secuestrados. El FBI nunca volvió a ver al campesino: mucho después supieron que la guerrilla lo había asesinado disparándole en la cara.

En fin, durante esos primeros años la guerrilla era más ágil y al parecer más fuerte que ellos y eventualmente perdieron la pista. "Se habían evaporado," dijo un miembro del equipo del rescate. "No sabíamos dónde estaban".

La situación siguió así por meses. A pesar de los equipos sofisticados de interceptaciones e imágenes satelitales, de la constante búsqueda en el terreno y de los informantes y detenidos, el pequeño ejército ni siquiera estaba seguro de que sus compatriotas secuestrados estuvieran vivos hasta que, a mediados del año 2003, salió al aire el video de Jorge Botero, periodista colombiano que logró llegar hasta el campamento donde tenían a los norteamericanos en el sur de Colombia. No obstante, aún así no pudieron establecer cuál era la localización exacta y tuvieron que satisfacerse con otros logros: la operación en contra de Édgar Gustavo Navarro Morales, alias "Moncho", el segundo de la columna Teófilo Forero.

Fueron los de la CIA quienes a mediados de 2003 ubicaron a "Moncho" a través de tres campesinos en la zona y fueron fuerzas especiales colombianas quienes efectuaron una emboscada perfecta en octubre de ese mismo año. Esas fuerzas especiales sabían que una táctica de las Farc era mojar el suelo para ver las huellas, así que entraron en el área caminando al revés, como si estuvieran saliendo de la finca a la que ellos calculaban iba a llevar a "Moncho" y sus soldados. Allí esperaron tres días por los alrededores de la finca que quedaba en los límites entre el departamento de Huila y Caquetá. La emboscada dejó a 11 guerrilleros muertos, incluso "Moncho", y como dijo la Ministra de Defensa de ese entonces, Marta Lucía Ramírez, fue "el golpe más importante dado a las Farc, en los últimos meses". Este hecho, si bien no era el objetivo principal, tuvo un importante impacto en la moral de las fuerzas norteamericanas y colombianas, cansadas de tantos desaires y pistas que parecían no conducir a nada: "Fue una muestra de lo que se podía hacer. Fue importantísimo", dijo un miembro del equipo de los Estados Unidos.

Y esto fue sólo el comienzo del entrenamiento directo e indirecto que recibió el ejército colombiano desde la caída del avión de los norteamericanos el 13 de febrero. Durante los años de la búsqueda decenas de colombianos fueron a Fort Benning donde los Rangers los entrenaban, a San Diego donde los "Seals" les enseñaban novedosas tácticas y a Panamá donde las Fuerzas Armadas los aleccionaban en el arte de *Survival Evasion Resistance and Escape* o "SERE" (Escape, Evasión y Resistencia de Supervivencia). La lección no terminó allí. Desde el inicio la CIA trabajó muy de cerca con la policía y el Gaula de Florencia enseñándoles tácticas elementales y lecciones para la vida como el pagar muy bien a los informantes. En el caso de "Moncho", por ejemplo, los tres campesinos informantes recibieron US$900.000 de los Estados Unidos. En otras ocasiones, además de dinero, se dieron visas a los Estados Unidos. La CIA, a su vez, recompensaba generosamente a miembros de la policía y del Guala que les ayudaban. De hecho, un miembro del equipo de los norteamericanos dijo que dinero de la CIA había construido la estación de policía en Florencia que incluía nuevos computadores Dell, teléfonos y equipos sofisticados de interceptación de radio.

Mientras tanto, los del FBI seguían construyendo el caso jurídico en contra de las Farc, algo que parecía intrascendente pero que tuvo sus efectos al destruir el mito de que las Farc es una organización ideológica y no una organización criminal y, más importante aún, que las Farc harían lo posible para salvar a sus hombres. La primera acusación jurídica en los Estados Unidos fue en contra de Manuel Marulanda, del "Mono Jojoy" y de Raúl Reyes por secuestro. Pero fue con la captura de Nayibe Rojas, alias "Sonia", y de Ricardo Palmera, alias "Simón Trinidad", que esa estrategia comenzó a dar frutos reales. El FBI se entrevistó con Trinidad en la cárcel en Colombia donde el líder de las Farc confesó formar parte del complot de utilizar a los norteamericanos secuestrados como parte de un canje. Más tarde observaban con satisfacción cómo el presidente Uribe probaba a las Farc con la oferta de no extraditar a Trinidad a cambio de la liberación de 63 secuestrados, que incluía a los tres norteamericanos y a la ex candidata presidencial Ingrid Betancourt. Cuando no contestaron y Trindad fue extraditado, el mensaje quedó claro: las Farc no protegían a los suyos.

Sin embargo, esos fueron años difíciles para los norteamericanos. En 2005 y gran parte del 2006 no hubo muchas noticias de los suyos. Los norteamericanos estaban frustrados. Algunos dejaron de asistir a las reuniones en la Embajada en las que les parecía el tiempo se gastaba en discusiones que no conducían a algo. Pero sí bien no lograron el objetivo de rescatar al grupo de secuestrados durante esos primeros años, sí consiguieron otro: un mayor profesionalismo por parte de los colombianos quienes parecían estar cada vez más seguros en su posición.

Además, con el tiempo crecía el respeto y la confianza entre las partes quienes se veían cada vez más como aliados y menos como mutuos obstáculos. Más importante aún, se veía claramente que la misión de rescatar a los secuestrados estaba íntimamente relacionada con los éxitos del ejército colombiano en su lucha contra la guerrilla y en la medida en que ese esfuerzo continuaba, las posibilidades de rescate aumentaban.

Eso estaba reflejado en las cifras. Mientras la búsqueda podría haber costado a los Estados Unidos más de US$250 millones en equipos de inteligencia, aviones y pagando a informantes, la ayuda militar y económica desde 2003 llegó a costar más de US$3.000 millones.

Esa estrategia empezó a dar resultados palpables con las bajas de más mandos medios del nivel del "Moncho" y eventualmente altos de la guerrilla, y el gran número de desmovilizaciones que empezó a darse. Además, su esfuerzo por el lado judicial había puesto a "Simón Trinidad" en una cárcel de los Estados Unidos y las autoridades norteamericanas tenían otro as bajo la manga: la novia de Gerardo Antonio Aguilar Ramírez, alias "César", el comandante del Frente I que tenía en su poder a los tres norteamericanos.

El caso de Nancy Conde Rubio, alias "Doris Adriana", era una de las muchas maneras que utilizaban los norteamericanos para infiltrar el sistema de comunicaciones de las Farc, que al final de cuentas sería la clave en el éxito de "Jaque". Desesperados por conseguir información sobre los secuestrados, los investigadores norteamericanos del FBI empezaron a seguirle la pista a un proveedor de teléfonos satelitales en Miami que parecía estar haciendo negocios con las Farc.

Este proveedor, al ser arrestado en 2004, tomó la decisión de colaborar con las autoridades norteamericanas y permitió que se pusieran mecanismos de intercepción de llamadas en sus teléfonos satelitales a cambio de una rebaja en su condena. Así se comenzó a construir el caso que mostró cómo Conde Rubio y su red conseguían no sólo teléfonos satelitales, tarjetas SIM, radios de alta frecuencia, GPS, sino también armas automáticas AR-15 y AK-47, pistolas Beretta, ametralladoras FAL, rifles Remington y municiones entre otros. Después de adquirir la mercancía, la transportaban por aire en aviones DC-3 a lugares controlados por las FARC. Finalmente, el material era distribuido en camiones y barcos pequeños a los campamentos de la guerrilla.

Durante cinco años investigadores interceptaron más de 5.000 llamadas y en 2006 identificaron incluso la voz de "César", comandante del Frente 1, quien tendría tan importante papel más adelante. También capturaron a algunos proveedores en Colombia, incluso un mensajero, quienes comenzaron a cooperar con el FBI, la policía y el DAS en la investigación. De hecho, el FBI, la Policía Nacional y el DAS se reunieron con miembros de la inteligencia del Ejército colombiano en febrero de este año justo antes de que autoridades colombianas capturaran a Conde Rubio y a 38 miembros más de esta red. Uno de los temas principales de esta reunión fue el caso de "Doris" porque el ejército tenía una investigación paralela. Así, después de que las capturas el FBI, la Policía y el DAS se hicieron públicas, "César" quedó profundamente preocupado, no sólo por la situación jurídica de su compañera si no, más importante aún, por el sistema de comunicaciones de las Farc.

Ese momento vino a principios de este año cuando el Embajador Brownfield y sus asesores tomaron nota de la posición geográfica en la que había sido liberada Clara Rojas, antigua asesora política de Ingrid Betancourt, y la ex congresista Consuelo González. Utilizando esta información para calcular por dónde podrían trasladar a los demás secuestrados, los Estados Unidos mandaron un equipo pequeño de fuerzas especiales. Este equipo había sido entrenado para rescatar personas de lugares selváticos, y pronto, junto a un grupo de colombianos, comenzaron la búsqueda de los guerrilleros. En las siguientes semanas los Estados Unidos mandaron a cientos de soldados, médicos, mecánicos, ingenieros y especialistas en telecomunicaciones a Colombia. En ese momento el número de soldados subió entre 900 a 1.000 sobrepasando el límite permitido por la ley norteamericana por segunda vez desde el secuestro de los tres norteamericanos, que ya para este año era 500 soldados. Semejante despliegue de hombres e inteligencia fue el esfuerzo más grande que Estados Unidos había puesto en la liberación de sus tres contratistas. La estrategia dio frutos, dado que ya para finales de enero de 2008 se tenían las indicaciones más claras de los últimos tres años de la posición exacta de los secuestrados norteamericanos. Se movilizaban por el río Apaporis en el noreste del Guaviare, donde equipos de las fuerzas especiales colombianas y americanas comenzaba a establecer un cordón y a acercarse al objetivo

El 16 de febrero un equipo colombiano vio a los tres americanos secuestrados bañándose en el río. Estaban a cinco metros de ellos pero no tenían los refuerzos necesarios para poder combatir al frente de las Farc que los custodiaba, así que les iban siguiendo la pista utilizando sensores de alta tecnología estratégicamente distribuidos en los árboles que les permitían percibir los movimientos y la posición de los guerrilleros en la selva, al tiempo que más de 400 soldados americanos y colombianos se posicionaban clandestinamente en un cordón alrededor del área. El plan era bloquear cualquier ruta de escape del campamento hasta rodearlo por completo y luego convencerlos de que lo mejor que podían hacer era negociar, no pelear. En caso de que los guerrilleros aceptaran la negociación, el Ejército tenía un avión que sobrevolaría la zona dejando caer teléfono satelital en el campamento subversivo para de este modo entablar conversaciones. El operativo tomó su tiempo por las dificultades que presenta la selva colombiana. Sólo había visibilidad de ocho metros y mientras las tropas tenían que movilizarse por tierra, los guerrilleros podían montarse en unas canoas y escapar por los ríos. El cordón estuvo listo en tres días, pero para entonces las Farc habían desparecido del lugar. Las fuerzas especiales localizaron a las Farc de nuevo en la parte más alta del río y posicionaron sus tropas otra vez, pero la guerrilla se les escapó nuevamente.

Al final de la Operación Jaque, todos reconocieron que nada de esto hubiera podido ocurrir sin años de esfuerzo, preparación y colaboración entre los dos gobiernos. Así, la operación "Jaque" constituye el logro más importante de las Fuerzas Militares de Colombia y una de las más exitosas misiones norteamericanas de cooperación, perserverancia, inteligencia y esfuerzo humano. El pequeño ejército fantasma que se creó el 13 de febrero de 2003 para salvar a tres estadounidenses se disolvió tras el éxito de "Jaque", pero las lecciones aprendidas por todos los que participaron en esta experiencia continuarán como modelo de colaboración y tenacidad en la lucha conjunta contra la violencia y el crimen.

PARTE
II

LA PARTICIPACIÓN
INTERNACIONAL EN LA
OPERACIÓN JAQUE

2

El rescate con dinero e intervención americana: *The New York Times*

Mientras en Colombia la felicidad embargaba a todos los colombianos y el Ejército narraba cómo se planificó y se ejecutó la Operación Jaque, en Estados Unidos se filtró una información militar diferente que presentó el destacado papel desempeñado por cientos de militares norteamericanos que llegaron a Colombia al inicio del año 2008, con decisión y arrojo, para rastrear y encontrar a sus tres norteamericanos.

Las fuentes de esta investigación han sido múltiples:

- Un Agente de Inteligencia Militar de Colombia de la base militar de Tolemaida en el Municipio de Melgar, donde pintaron los helicópteros y donde se convocaron al Comando Jaque y quien quien conocio, paso a paso, como se fue preparando la Operacion Jaque.

- *The New York Times:* El periódico norteamericano de más amplia circulación en Estados Unidos y de reconocido prestigio periodístico al que se le adquirieron los derechos de publicación de la investigación con un Oficial Norteamericano sobre Operación Jaque.

- *The Washington Post:* Derechos sobre su página que publicó su propia investigación.

- Claude-Marie Vedrot, derechos del investigador de Francia de la Editorial MediaPart.

- Steven S. Dudley, colaborador de medios como *Miami Herald* quien investigó y escribió el primer capítulo.

- Informaciones de dos corresponsales extranjeros en Colombia.

- Decenas de contactos en Colombia.

El gran secreto: 500 americanos militares hacen posible el rescate.

En Colombia, explica *The New York Times*, hay habitualmente entre 400 y 500 asesores y militares norteamericanos, pero esta cifra se elevó a inicios del año 2008 inusitadamente a 900 hombres, ingresando al país centenares de militares y asesores con una única y audaz misión especifica: buscar y encontrar a los tres secuestrados norteamericanos. Fuese como fuese, costase lo que costase. Esta revelación en Colombia es desconocida. En las informaciones trasmitidas por los medios de comunicación en Colombia el ingreso de centenares de militares y expertos americanos que llegaron a Colombia para rescatar a los tres ciudadanos estadounidenses, nunca se conoció. Sólo *The New York Times* lo revela de fuente militar norteamericana. Al parecer la labor de estos 400 e militares y civiles expertos que llegaron a Colombia a inicios del 2008 sumados con los 500 norteamericanos o funcionarios que habitualmente se pasean por la Zona Rosa, el Parque de la 93, el barrio La Cabrera y los Café Juan Valdez, conformaron un armada tecnológica y militar invencible, con una misión precisa: liberar a sus tres rehenes americanos.

Este es el secreto fundamental del detonante que propició y aceleró el armazón tecnológico y de infiltración en la guerrilla que hizo factible el Operativo Jaque. El secreto de los secretos. El Ministro Juan Manuel Santos, el General Mario Montoya, y la cúpula militar sintieron la presión sobre ellos y sobre el Ejército colombiano que significaba la llegada de centenares de militares americanos para rescatar, por negociación o por asalto, a sus tres hombres. El periódico *NYT* expresa que esta verdad comprobada no ha querido ser reconocida por ninguna de las partes, ni por Colombia, ni por Estados Unidos. Desplegar a comienzos del año nada menos que a 900 militares americanos "empeñados" en localizar a los tres rehenes, tiene un doble significado: el primero la admirable solidaridad norteamericana, respaldada generosamente con decenas de millones de dólares y centenares de militares, para traer de nuevo hacia la libertad y a la vida a tres de sus ciudadanos miserablemente secuestrados por la guerrilla. En segundo lugar, en una discreta banderilla negra para el Ministro de Defensa y los Generales colombianos por no haberlos liberados en cinco años ya fuese en una operación militar o mediante una negociación humanitaria o canje.

NYT - *"EE. UU. desempeñó un mayor papel en los antecedentes del rescate de 15 rehenes en la selva de Colombia que lo que ha sido en verdad reconocido, incluyendo el despliegue de mas de 900 efectivos militares estadounidenses al comienzo de este año, empeñados en localizar a los rehenes, según el relato oficial de este esfuerzo".*

La autoridades norteamericanas tuvieron que acudir a un esguince legal, una grieta de su propia legislación americana, para poder enviar a centenares de militares y asesores a Colombia e inclusive pasar por encima de su propio límite de 800 permitidos y también incluir, a 40 expertos militares de la *Special Operations Forces*, especies de "Rambos", como la famosa serie cinematográfica de Silvester Stallone, para encontrar a sus tres rehenes americanos. Estados Unidos desde la perdida Guerra del Vietnam y sus Boinas Verdes carecía de experiencia de combatir en la mitad de una selva, en medio de árboles centenarios de 40 metros de altura que les impedía el uso de sus visores de tierra más allá de pocos metros y tuvieron que acudir a las fuerzas locales colombianas veteranas en estos territorios selváticos.

NYT - "En una ocasión en los primeros tres meses de 2008, el número de militares estadounidenses excedió el límite de 800 establecido por ley, pero una grieta en la ley en EEUU facilitó que las autoridades sobrepasara ese tope ya que los efectivos que incluía 40 miembros de las American Special Forces fueron involucrados en las operaciones de búsqueda y rescate de los ciudadanos estadounidenses".

Oficial norteamericano lo confirma a *The New York Times*

Fue precisamente este diario, *The New York Times*, quien realizó su propia investigación y no se limitó a reproducir la versión parcialmente cierta difundida por el Ejército y del Gobierno de Colombia, sino que directamente indagó sus propias fuentes y entrevistó personalmente a un Oficial Norteamericano quien le narró al diario neoyorkino y a otros medios periodísticos, el papel clave desempeñado y los

secretos desconocidos en Colombia del rol jugado por el
Ejército americano en este operativo. Es de suma trasparencia
periodística que varios medios estadounidenses tuvieron
acceso a la misma fuente militar y no sólo el *NY Times*, con
lo cual la fuente adquiere mayor veracidad y difícilmente
podrá ser desmentida dado que diversos medios de
comunicación de los EE. UU. tuvieron acceso al mismo
Oficial del Ejército Americano. El oficial pidió discreción
a los medios norteamericanos por lo "delicado" que resulta
en Colombia revelar verdades sobre las autenticas misiones
militares que están realizando las fuerzas estadounidenses
en este país. En Colombia las acciones de militares
norteamericanos no se revelan, se niegan y se protegen con
un "silencio institucional" como si se tratase de hechos
inconvenientes o inexistentes. La Embajada misma guarda
también un silencio discrecional. Se tiene el temor de ser
catalogadas de intervención militar no autorizada por el
Congreso de Colombia. Silencio constitucional.

*NYT - "El oficial que suministró esta información
detallada a THE NEW YORK TIMES y a varias otras
organizaciones de noticias, pidió no ser identificado como
fuente, debido a la situación delicada de involucrar las
fuerzas de EE. UU. en Colombia. (Normalmente sólo unos
400 a 500 militares estadounidenses se encuentran en
Colombia en papeles no combativos. Un vocero de la
Embajada en Colombia negó comentar al respecto".*

El periódico, como se obliga en la profesión y ética
periodística, procedió a constatar con terceras fuentes lo
revelado por el Oficial Norteamericano y efectivamente
oficiales colombianos le ratificaron algunos de los detalles.

NYT - "Algunos de los detalles suministrados por el

funcionario han sido confirmados por oficiales colombianos. Pero otros detalles no pudieron ser corroborados en el momento por otras fuentes".

Estos centenares de militares americanos enviados a Colombia fueron el elemento esencial y determinante que hizo posible la estructuración de la Operación Jaque. El Ejército Norteamericano, el más eficiente del mundo, con sus 900 hombres en Colombia, desplegó una maravillosa y avanzada tecnología de rastreo sembrando micrófonos y cámaras diminutas en las zonas donde la guerrilla estaba desplazando a sus tres norteamericanos secuestrados. Pero uno de los micrófonos o cámaras de rastreo fue detectado nada menos que por "Gafas", uno de los guerrilleros responsables de la custodia de los secuestrados. Un delicado error.

Artefactos de rastreo estadounidenses

NYT - "De acuerdo con la versión oficial, EE. UU. recortó su presencia militar en Colombia a principios de marzo después de que se presentaron dificultades en sus intentos de seguir la pista de los insurgentes, las Farc, que tenían secuestrados a tres contratistas de defensa estadounidenses. Alexander Farfán, comandante del grupo de guerrilleros que detenían a los tres norteamericanos, encontró un artefacto de rastreo estadounidense sembrado en un área remota del sur de Colombia que precipitó que los guerrilleros abandonaran el sitio".

La decisión irrevocable de centenares de militares norteamericanos de venir a Colombia, rastrear, encontrar y liberar a sus tres norteamericanos de las Farc, ante el traspiés de haber sido descubiertos por el Frente I de la guerrilla, fue determinante para que los Generales y el Ministro de Defensa de Colombia, reaccionasen, un acicate a nuestras fuerzas de seguridad para concebir la preparación de un operativo propio, más colombiano no diseñado durante los seis años anteriores.

NYT - "En este momento fue cuando las Fuerzas Armadas colombianas comenzaron a idear su propio plan para liberar a los rehenes, el de infiltrar al sistema de radiocomunicaciones de las Farc y convencer a su comandante regional que él debería trasladar a los rehenes abordo de un helicóptero de un grupo humanitario ficticio".

"Los Colombianos demoraron en divulgar el plan a las autoridades estadounidenses hasta junio 25, a penas ocho días antes que fuera llevado a cabo: julio 2".

Según el Ministro de Defensa de Colombia, Juan Manuel Santos en informes a la prensa española, indica un corresponsal extranjero, el operativo colombiano se programó para el 12 de julio, pero por razones no conocidas se anticipó 10 días.

Centenares militares de los EE. UU. en la Operación Jaque

"El inicio anterior de la búsqueda y rescate contó con una amplia participación estadounidense, personal que incluía negociadores del FBI radicados con sus contrapartes de Colombia en San José del Guaviare, una capital departamental que queda a 200 millas al suroeste de Bogotá, y miembros de American Special Operation Forces fueron incorporados a los compactos grupos

colombianos de reconocimiento que seguían a pie la pista de los guerrilleros a través de la selva".

La investigación del *NYT* es por tanto realmente diferente a la publicada en la prensa y difundida en Colombia. La certeza de la participación de fuerzas de asalto nortemericanas –American Specials Operation Forces– ha sido un secreto bien guardado por parte de la Embajada americana y del Ejército colombiano. El país no conoció que estos comandos profesionales americanos hubiesen llegado en cantidad de 40 a Colombia los cuales participaron activamente en la preparación de la Operación de Rescate. La veracidad fue plenamente comprobada por el *NYT* con el Oficial Americano.

El video secreto del senderismo

El Agente Militar colombiano que participó de la estructuración de Operación Jaque, informó para este libro que un inteligente y eficaz sistema de rastreo a pie – denominado "senderismo"– se implantó desde hace un año por el Ejército Americano como enseñanza a los militares antiguerrilla colombianos que se preparan en la base Militar de Tolemaida en el municipio de Melgar, a dos horas de Bogotá. Este senderismo consiste en sembrar, mediante helicópteros, una docena de grupos de 20 silenciosos soldados espías cercando una zona alrededor de un campamento guerrillero.

Ubicada la zona del campamento guerrillero o los ríos por donde transitan las lanchas de las Farc, un helicóptero desciende, a varios kilómetros del objetivo, en plena selva, y por cuerdas desciende a tres soldados equipados con equipos y herramientas agrícolas para que en 48 horas despejen un perímetro de 20 metros de diámetro en la selva, que sirva como improvisado helipuerto. Dos días después, allí aterriza el helicóptero con 17 soldados adicionales, con armamento, comida, municiones, visores nocturnos, minúsculas cámaras de video y micrófonos. Tuvimos acceso al video para este libro, que era un secreto militar. El operativo se realizó con 12 grupos elites colombo-americanos, en mitad de la selva, pero siguiendo el curso del río Apaporis, el eje y corazón del área de la futura Operación Jaque. Este camufle en pleno territorio controlado por la guerrilla, se repitió en varios puntos clave de esa Zona donde estaban ubicados los ocultos campamentos con los secuestrados.

Una vez rodeada la zona con varios de estos grupos de asalto, todos los soldados se dirigían a pie hacia el mismo objetivo –el río Apaporis– para realizar su rápida labor de sembrar el área de micrófonos y cámaras de video y luego regresar a su sitio de aterrizaje, al claro abierto en plena selva y allí eran recogidos por el helicóptero de nuevo.

Así se cumplió la labor de "minado" tecnológico para el rastreo de los subversivos. La tecnología americana de rastreo y siembra de cámaras-visores, se convirtió en un arma mortal contra las Farc, tan eficaz como los misiles aéreos que arrasaron Bagdad en la Guerra de Irak. Los americanos necesariamente implementaron el "senderismo" con soldados colombianos habituados a resistir y sobrevivir en la inhóspita jungla amazónica.

De nuevo, reitera *The New York Times* la participación de centenares de militares norteamericanos en esta Operación y revela que en la propia Embajada de Estados Unidos en Bogotá se ubicó el operativo de inteligencia y la intercepción de comunicaciones de las Farc con apoyo satelital y aviones de reconocimiento.

NYT - *"Cientos de efectivos de apoyo estadounidense en el campo colombiano complementaban estas fuerzas especiales, junto con una acelerada operación de inteligencia ubicada en la Embajada de EE. UU. allí, aprovechando la intercepción del sistema de radio-comunicaciones de las Farc, inteligencia humana, imágenes satelitales y aviones de reconocimiento".*

"La idea entonces fue que las Fuerzas Colombianas rodearan a las bases de la guerrilla en la selva y así los animaran a negociar la libertad de los presos, haciendo hincapié que no los atacaran. Dado el hecho que en anteriores intentos de rescate militar los guerrilleros ejecutaron a los rehenes, tanto los colombianos como los estadounidenses consideraban mínima la posibilidad de éxito de cualquier intento de rescate".

Los militares colombianos elaboran su propio plan

NYT -*"Se realizó el plan creado posteriormente por oficiales de la Inteligencia Militar colombiana cuando a principios de junio comenzaron a interceptar comunicaciones que indicaban la convergencia de tres grupos de insurgencia en la selva al lado de Tomachipán, cercano al lugar donde enviados venezolanos recogieron a dos rehenes que las Farc liberó en enero.*

Tan pronto los oficiales estadounidenses preguntaron al Gobierno colombiano respecto a esos movimientos, el Ministro de Defensa Juan Manuel Santos invitó al Embajador William R. Brownfield a una reunión en su residencia para analizar los detalles del plan llamado Operación Jaque, como un Jaque Mate".

Cuando el Embajador Brownfield fue detalladamente

informado, consultó con el Gobierno de Washington, directamente con el Vicepresidente Cheney, con la Secretaria de Estado Condoleezza Rice, con miembros del Gabinete del Presidente George Bush, quienes luego de continuas conversaciones y consultas con el Comando Sur, finalmente autorizaron al Gobierno de Colombia que continuase con su plan para rescatar a los tres rehenes americanos. Permiso otorgado.

Así se unieron para Operación Jaque, los dos grupos, el americano y el colombiano, en la planeación del operativo. Se utilizó dinero norteamericano para este trabajo conjunto. Repetidamente el Embajador y el Gobierno de Colombia han negado como si esto fuese motivo de vergüenza. El uso de dinero americano para este operativo, nunca fue revelado a los medios de comunicación locales. Colombia es, según el *NYT*, el aliado militar del Gobierno de los EE. UU. en América Latina, según los entendidos, por quedar Colombia en la mitad de gobiernos que han tomado alguna distancia del Pentágono como lo son Ecuador y Venezuela, sobretodo este último que recientemente expulsó al Embajador estadounidense con expresiones impensables en la diplomacia.

EE. UU. y Colombia: trabajo militar conjunto

NYT -"Después del encuentro, EE. UU. ubicó miembros de su Inteligencia al lado de los colombianos planeando el operativo. Mientras los colombianos planearon y ejecutaron el operativo con un equipo algo más de una docena de comandos colombianos elitistas disfrazados como trabajadores humanitarios, periodistas de televisión y guerrilleros, lo hicieron con un apoyo importante estadounidense que aporta US$600'000.000 anualmente

*como parte de un proyecto antiguerrilla y antinarcótico
que hizo de Colombia el aliado militar principal en
América Latina".*

*"Por ejemplo, EE. UU. suministró la tecnología de
advertencia de emergencia en los dos helicópteros rusos
MI-17 empleados en el operativo, de los cuales sólo uno
aterrizó, junto con minúsculos sistemas electrónicos de
localización llevados por todos los comandos...".*

*"Mientras los colombianos y estadounidenses estaban
de acuerdo en la mayoría de los detalles del operativo
mientras se implementaba, se presentaron algunas
diferencias, por ejemplo cuando los oficiales
estadounidenses se opusieron a plan de llevar dos ex
guerrilleros abordo entre los comandos, aparentemente
para convencer a los guerrilleros que entregaren a los
rehenes. Al final sólo un ex guerrillero participó en la
misión abordo el helicóptero".*

Diplomáticos en la Embajada de EE. UU.: *"Helos whit pax"*

Diplomáticos y militares siguieron el 2 de julio paso a
paso el Operativo en la propia sede de la Embajada
Americana, con tecnología de comunicación interconectada
con el Avión Americano Espía, que supervisaba e informaba
cada detalle y vivieron con ansiedad cada minuto del
Helicóptero durante el operativo en tierra.

*NYT - "El 2 de julio un pequeño grupo de diplomáticos,
oficiales militares y de inteligencia se reunieron en la
Embajada de EE. UU. para seguir el operativo. La misión,
originálmente planeado para durar 8 minutos en tierra*

mientras los rehenes abordaban el helicóptero, terminó demorando 22 minutos. La demora aumentó el ansia de los reunidos en la Embajada de EE. UU. que amainó cuando un oficial militar estadounidense, comunicado con otro en San José del Guaviare, anunció: Helos Whit Pax, que en el argot militar quiere decir: Helicópteros con pasajeros".

"Quince pasajeros abordo volado, todo bien, continuó, con que los oficiales de la Embajada instauraron el plan de trasbordar los tres estadounidenses al C-17 de la Fuerza Aérea estadounidense rumbo a Texas".

Traducción de R. M. S.

3

The New York Times

Derechos especiales para este libro

U.S. Aid Was a Key to Hostage Rescue in Colombia

By Simón Romero

BOGOTÁ, Colombia — The United States played a more elaborate role in the events leading up to this month's rescue operation of 15 hostages in the Colombian jungle than had been previously acknowledged, including the deployment of more than 900 American military personnel members to Colombia earlier this year in efforts to locate the hostages, according to an official briefed on these efforts.

At one point in the first three months of 2008, the number of American military personnel members in Colombia passed the limit of 800 established by law, but a legal loophole in the United States allowed the authorities to go above that level since the service members, including more than 40 members of the Special Operations forces, were involved in search and rescue operations of American citizens.

The official who provided this detailed account spoke to The New York Times and several other news organizations, asking not to be identified because of the political sensitivity surrounding the involvement of American forces in Colombia. (Normally only about 400 to 500 American military personnel members are believed to operate in Colombia in noncombat roles.) A spokesman at the United States Embassy here declined to comment on the account.

Some of the details provided by the official have been confirmed by Colombian officials. But other details could not immediately be corroborated Saturday with other sources.

According to the official's account, the United States pared down its military presence in Colombia in early March after problems arose in attempts to track a unit of the rebels, the Revolutionary Armed Forces of Colombia, or FARC, guarding three American defense contractors. Alexander Farfán, commander of the rebel unit holding the three men, discovered an American surveillance device planted in a remote area of southern Colombia, prompting the rebels to change location quickly.

At that point, Colombian military officials began devising their own plan to free the hostages by infiltrating the rebels' radio communications system and convincing a regional guerrilla commander that he needed to transfer the hostages aboard the helicopter of a fictitious aid group. The Colombians delayed formally informing the American authorities here of their plan until June 25, just a week before it was carried out on July 2.

In the earlier search-and-rescue effort with heavier American involvement, personnel included F.B.I. hostage negotiators embedded with Colombian counterparts at a location in San José del Guaviare, a provincial capital 200 miles southeast of Bogotá, and members of American Special Operations forces inserted into small Colombian reconnaissance teams tracking the rebels on foot through the jungle.

Hundreds of American support personnel members on the ground in Colombia complemented these elite forces, in addition to a frenzied intelligence-gathering operation located in the United States Embassy here, drawing on intercepts of the rebel group's radio systems, human intelligence, satellite imaging and "air breathers," as piloted surveillance aircraft are called in military jargon.

The idea then was for Colombian forces to surround rebel units in the jungle and encourage them to negotiate the release of their captives, emphasizing that no attack on them was imminent. Given the rebel group's execution of captives in previous military rescue efforts, the chances of such a plan succeeding were believed to be dim by both Colombian and American officials.

The plan later devised by Colombian military intelligence officials first came into focus for the Americans in early June when they began intercepting communications pointing to three rebel units shifting in the jungle to converge near the village of Tomachipan, a location near where Venezuelan envoys picked up two hostages freed by the rebels in January.

Soon after American officials asked Colombia's government about the movements, Defense Minister Juan Manuel Santos invited William R. Brownfield, the American ambassador to Colombia, to a meeting at his home here to go over the details of the plan, called Operation Check, as in "checkmate." After that meeting, the United States placed military and intelligence personnel members alongside Colombian officials planning the operation.

While the Colombians devised and carried out the operation with a team of more than a dozen elite Colombian commandos disguised as aid workers, television journalists and rebels, they did so with some important assistance from the United States, which provides Colombia with $600 million of aid a year as part of a counterinsurgency and antinarcotics project that has made Colombia the top American military ally in Latin America.

For instance, the Americans provided emergency signaling technology on the two Russian-built Mi-17 helicopters used in the operation, only one of which landed, in addition to tiny beaconing systems placed with all the commandos. An American audio system to transmit the operation live to personnel in Bogotá was also put on the helicopters, but it did not work well when the sounds were drowned out by the noise the rotor blades generated.

While the Colombians and Americans generally agreed on the details of the operation as it was put into motion, some differences emerged, like when American officials resisted a plan to place two former rebels among the commandos aboard the helicopter, apparently in an *attempt to assuage any concerns the guerrillas might have in handing over their captives.*

In the end, just one former rebel member took part in the mission aboard the helicopter. On July 2, a small number of diplomats, military officers and intelligence officials gathered in a safe room at the American Embassy to monitor the operation.

The mission, originally intended to last 8 minutes on the ground as the hostages boarded the aircraft, ended up taking more than 25 minutes. The delays intensified the anxiety in the safe room in Bogotá, which was relieved only when an American military official in direct contact with a colleague in San José del Guaviare proclaimed, "Helos with pax," military slang for helicopters with passengers.

"Fifteen pax, all airborne, all good to go," he continued, and embassy officials quickly scrambled to push ahead with a plan to get the three rescued Americans on an Air Force C-17 bound for Texas.

4

Radio Suisse Romande –RSR–:
$20 millones de dólares aportó EE. UU.

En Europa, la prensa europea desplegó, por su parte, otro informe emitido por la *Radio Suisse Romande* –RSR–. La Radio Estatal informó que el periodista Frederic Blassel, con base en una fuente probada desde hace 20 años, reveló el pago de Estados Unidos para la Operación Jaque por US$20'000.000 equivalente en Colombia a $35.000 millones.

Para este libro nos comunicamos con el periodista Blassel quien se reafirmó en lo publicado y verificamos que ha contado con el respaldo del director de la RSR. El periodista guardó celosamente el nombre de la fuente periodística que le trasmitió la información, y que él considera proviene de una fuente probada durante dos décadas.

Eran de la DEA y del FBI

Revela también la *Radio Suisse Romande* que la participación activa del FBI –que confirmó el Oficial Norteamericano a *The New York Times*– se explica porque los tres norteamericanos secuestrados eran de la DEA y habían sido prestados al FBI, mientras trabajaban en Colombia. Ese era un revelador secreto que explicaría el envío a Colombia, a inicios del año 2008, de centenares de militares estadounidenses para la búsqueda y liberación de los tres rehenes norteamericanos, pues además de la responsable respuesta que a lo largo de la historia asumen la Embajadas Americanas cuando un estadounidense es secuestrado, a lo cual se sumaria el que al parecer, eran de la DEA y cedidos al servicio del FBI antes de ser capturados.

L'opération armée serait une mascarade

RSR - "En el comienzo de la transacción están los EE. UU., que tenían tres agentes del FBI entre los quince rehenes. En principio, el FBI no interviene en el extranjero, pero los tres agentes habrían sido prestados por la agencia de la DEA. Junto con Afganistán, Colombia es una de las dos principales bases de la acción de la DEA en el extranjero. Esta liberación es, por tanto, una gran farsa. El elemento que ya ha puesto el chip en el oído de muchos observadores es que se llevó a cabo sin ningún tipo de enganche, podríamos decir casi como una partitura. Incluso los rehenes fueron engañados, al principio, por esta escenografía".

"Por último, salvo muy pocas imágenes, el video de la operación completa no ha sido distribuido, aunque por lo general este tipo de operaciones son filmadas desde el principio hasta el final por un miembro del comando. Dado que la operación fue un éxito, ¿por qué este video no ha sido distribuido?".

La primera inconsistencia de la versión dada por el Ejército sobre la Operación Jaque la planteó internacionalmente la cadena CNN cuando analizó detalladamente el primer video presentado por el Ejército colombiano y descubrió que uno de los doce del Comando está falsamente vestido con los logos de la Cruz Roja Internacional. Luego vino la versión ficticia dada por el militar que portaba el emblema de la Cruz Roja y que el Presidente Uribe asumió como cierta, pero luego se volvió una bola de nieve y por fortuna el propio Presidente Uribe con gallardía denuncio que era una información no cierta dada por el Ejército al propio Presidente y al país.

Les raisons d'une mise en scène

RSR - *"Esta obra de ficción permite al presidente colombiano Álvaro Uribe mantenerse, al menos oficialmente, en su línea dura, lo que excluye toda negociación con los rebeldes, siempre y cuando los rehenes no sean liberados. No debemos olvidar que las Farc siguen contando con cientos de personas retenidas, menos famosas que Ingrid Betancourt.*

5

Francia ya había pagado por la liberación de Ingrid Betancourt

Hay un antecedente probado que involucra directamente al Gobierno del Presidente Sarkozy de Francia que demuestra el pago efectuado anteriormente a las Farc por una acordada liberación de Ingrid Betancourt.

Existe, lo que se llama en los medios judiciales "la prueba reina".

Fue confirmada, textualmente escrita por el propio Raúl Reyes antes de morir y consta en uno de los correos de su célebre computador incautado por el Ejército, el día que fue dado de baja el segundo hombre más fuerte de las Farc.

En uno de los tres famosos computadores portátiles que aparecieron luego del bombardeo a Raúl Reyes en su campamento de Ecuador, hay un correo del propio Reyes que comprueba que en julio de 2003, el negociador del Gobierno de Francia, Noel Sanz para la liberación de los secuestrados hizo entrega a las Farc de una importante suma de dinero por el rescate de Ingrid Betancourt.

Luego, tanto Francia como las Farc descubrieron que esa plata entregada por Francia se perdió por no verificar el negociador francés plenamente la identidad de los guerrilleros a quien se la entregaron. Quien la recibía era supuestamente de las Farc, pero sin serlo. Y esa platica la perdieron al unísono: las Farc y el Gobierno de Francia.

En ese correo encontrado en el computador de Raúl Reyes, dirigido a su Comandante Manuel Marulanda "Tirofijo", el propio "Raúl Reyes" le dejó claro a Noel Sanz que las Farc no entienden porqué Francia entregó dinero a las Farc sin verificar plenamente la identidad de quienes la recibieron.

Francia, en forma loable había estado laborando día a día en la liberación de Ingrid. Su hermana Astrid, también francesa casada con el diplomático francés, Daniel Parfait, de gratísima recordación en Colombia por su eficaz y comprometida gestión como Embajador. Daniel Parfait, ahora en la Cancillería de Francia, amerita un reconocimiento especial de los colombianos por su denodado esfuerzo por motivar al Gobierno de Francia para apoyar la liberacion de Ingrid y de todos los secuestrados.

En dos ocasiones los franceses enviaron misiones para recibir a Ingrid, previos contactos y acuerdos con el Secretariado de las Farc. En una ocasión una aeronave, un Hércules francés, permaneció cerca de la zona, para recoger a la franco-colombiana Ingrid Betancourt.

Correo de Raúl Reyes: sí se pagó

Raúl Reyes escribe en ese correo a Noel Sanz que: *"Resultan inexplicables las razones que ustedes tuvieron para entregar dinero por la libertad de la señora Ingrid Betancourt, sin antes haber contado con las identidades y garantías de quienes resultaron responsables de asaltarlos y estafarlos en sus buenas intenciones humanitarias".*

Si el computador de Raúl Reyes ha sido usado "selectivamente" como una posible prueba contra el Presidente Hugo Chávez de Venezuela, el Presidente Rafael Correa del Ecuador o para iniciarle investigación a la Senadora Piedad Córdoba o tal vez para tratar vincular a quienes intervienen fervientemente por la búsqueda de la paz, en nombre de la democracia y por el acuerdo humanitario. También ese mismo computador tan revelador y creíble a fe ciega, según lo determinaron los expertos internacionales que indicaron no había sido manipulado por el Ejército, debería en aras de la equidad darle credibilidad al correo electrónico y textual de Raúl Reyes como prueba sobre el pago efectuado anteriormente por Francia para liberar a Ingrid Betancourt. Pues no sería transparente utilizar selectivamente el computador de Reyes para enjuiciar sólo a ciertas personajes y ocultar por ejemplo lo que afectaría al Presidente Sarkozy por haber enviado dinero a las Farc para el rescate de Ingrid Betancourt.

Lo cual demuestra, una verdad sabida: en los rescates de secuestrados, que "manos amigas" efectivamente envían dinero a las Farc a cambio de liberaciones. Y las Farc lo reciben pues viven de esos dineros malditos provenientes de negociar vidas humanas y de los ingresos por cocaína.

No obstante el dinero de un gobierno extranjero, según las fuentes europeas, o del *NY Times*, todo indica, que si guerrilleros o Comandantes de ese Frente, si fueron abordados o "colaboraron" a cambio de prebendas económicas o judiciales, que esta negociación, si se llevo a cabo, fue muy secreta y que los oficiales del Comando de Rescate no tenían conocimiento de la misma y esto no les resta ningún mérito a la "Operación Jaque" e igualmente se estaban jugando la vida, pues los otros 400 guerrilleros que custodiaban a los secuestrados no estaban al tanto de la traición de los guerrilleros contactados.

Son héroes y lo seguirán siendo.

6
The Washington Post

Derechos especiales para este libro

En el ardid de la selva colombiana, EE. UU. desempeñó un papel silencioso

Por Juan Forero
Servicio de Extranjería del Washington Post

El prestigioso diario estadounidense ratifica la participación de 100 expertos planificadores americanos ubicados en la propia Sede de la Embajada Americana en Bogota rastreando sus tres rehenes estadounidenses.

Los pilares fundamentales que hicieron exitosa la Operación Jaque, según *The Washington Post*, son tres:

- **Incluir infiltrados a los más altos niveles jerárquicos de las Farc (infiltrar y pagar).**

- **Un equipo de comandos Colombianos que representaban a los trabajadores de socorro y la guerrilla (el eficaz aporte colombiano).**

- **Intervenir la red radial de comunicaciones de los rebeldes (Embajada Americana).**

He aquí el documento completo de *The Washington Post.*

Durante varios meses, un grupo de distinguidos soldados Colombianos llevaron a cabo un desafiante rescate de tres ciudadanos Americanos y una importante política Colombiana de un campo guerrillero; un equipo de Fuerzas Especiales de los Estados Unidos se unió a las tropas de la elite Colombiana rastreando a los rehenes en terrenos de la formidable selva en las periferias meridionales del país.

El equipo de los Estados Unidos fue apoyado por una vasta operación de servicios de información localizada en la Embajada de los Estados Unidos en Bogotá, bien al norte. Allá, una unidad especial de 100 personas compuesta de planeadores de Fuerzas Especiales, negociadores de rehenes y analistas de servicios de información (inteligencia) trabajaban para rastrear a los rehenes. Ellos esperaron el momento más oportuno para entrar en acción para ayudar a las Fuerzas de Colombia a realizar el rescate.

El momento llegó en junio después de que un mayor del ejército Colombiano maduró un plan no convencional. Desarrollado posteriormente por agentes de inteligencia Colombiana, el plan abandonó la idea de una incursión militar y en lugar de ello se atuvo a emplear un engaño al grupo rebelde -tristemente célebre por asesinar rehenes- que consistía simplemente en la entrega de 15 de sus más importantes cautivos. Entre ellos se incluían 3 contratistas del Departamento de Defensa de los Estados Unidos quienes habían estado secuestrados por 5 años en las remotas selvas Colombianas, como también Ingrid Betancourt, una política con ciudadanía Colombo-Francesa cuya situación se había convertido en una causa célebre en Europa.

Cuando los planeadores Colombianos estaban haciendo los preparativos de última hora el día 30 de junio, el embajador de los Estados Unidos en Bogotá, William R. Brownfield, le comunicó brevemente el plan al Vicepresidente Cheney, a la Secretaria de Estado Condolleezza Rice y a otros funcionarios de la administración Bush a través de una llamada de video conferencia. Dos días después, los comandos Colombianos recogieron a los Americanos, a Ingrid Betancourt y a 11 soldados y policías, lo cual los hizo merecedores de muchos elogios en todo el mundo por el plan hábilmente ejecutado.

Las tropas de los Estados Unidos no participaron directamente en la operación, pero detrás del rescate de la selva, había años de trabajo Americano clandestino. Dicho trabajo incluyó el despliegue de Fuerzas Especiales élite de los Estados Unidos en áreas donde merodeaban los rebeldes, una vasta operación de inteligencia contra guerrilla, y programas de entrenamiento a la tropa Colombiana al igual que especialistas en comunicaciones que les capacitaban en la forma como interceptar y arruinar las comunicaciones de los rebeldes.

"Esta fue una misión concebida por Colombianos, planeada por Colombianos, y una operación entrenada por Colombianos, y por lo tanto, una operación Colombiana", dijo Brownfield en una entrevista realizada el lunes en la que volvió a contar detalles sobre el papel de los Estados Unidos. "Nosotros, sin embargo, estuvimos trabajando con ellos por más de cinco años en cada elemento requerido para llevar a cabo esta operación, como también el lo poco que intervenimos en esta operación".

Meses antes de la "Operación Jaque", Brownfield le prometió a los familiares de los tres Americanos, cuyo avión monomotor se había estrellado en territorio habitado por los rebeldes en el año 2003, mientras realizaba una misión de reconocimiento, que él nunca recomendaría que la administración Bush que aprobara un rescate Colombiano que pusiera a sus seres queridos en riesgo. Las Fuerzas Armadas Revolucionarias de Colombia (Farc), asesinan a los rehenes antes que permitir su rescate.

La administración Bush tenía un acuerdo con el Gobierno Colombiano, en el sentido de que cualquier operación de rescate a los Americanos, requería la aprobación de los Estados Unidos, lo cual significaba un rechazo Americano al plan propuesto. Pero Brownfield y un equipo de 15 estrategas Americanos – incluyendo agentes de inteligencia y oficiales militares- pensaron que el plan ideado por Colombia podría tener éxito.

La compleja operación, incluía infiltrados los más altos niveles jerárquicos de las Farc, un equipo de Comandos Colombianos que representaban a los trabajadores de socorro y la guerrilla y un esquema elaborado para intervenir la red radial de comunicaciones de los rebeldes.

La estrategia fue dirigida a los líderes de la unidad de la guerrilla quienes eran los responsables de mover a los rehenes por la selva, pero que no se comunicaban con mucha frecuencia con la dirección de las Farc, compuesta por siete hombres.

Brownfield le explicó a Cheney, Rice y a los otros, de cómo los oficiales Colombianos garantizaban que un mensaje radial falso —supuestamente de la unidad encabezada por el líder supremo de las Farc, Alfonso Cano — seria enviado a los guardias. La orden era preparar a los rehenes para que fueran recogidos por una institución de socorro y luego llevarlos en helicóptero al comando supremo de los rebeldes.

Los miembros del Gabinete de Bush estaban preocupados, recordó el embajador.

"Yo fui muy presionado, como esperaba que fuera, para justificar, explicar mis recomendaciones, explicar los fundamentos con los cuales había llegado a la conclusión a la que llegué", dijo Brownfield en una entrevista realizada en su oficina. "En conclusión, sentí que había sido obligado a ofrecer una muy clara explicación en cuanto a cómo todos los que estábamos aquí —Equipo de Bogotá- habíamos aparecido con este set particular de posiciones".

La ayuda de los Estados Unidos a Colombia, parte de más de los 5.000 millones de dólares en ayuda desde el año 2000, ha sido dirigida a objetivos claramente definidos este año, como una campaña militar intensa que debilite a las Farc, dando de baja a los comandantes e invitando a los 1,500 rebeldes de base y a operarios urbanos a que deserten.

Los oficiales Colombianos, han dicho los encargados de la ayuda Americana, han sido esenciales, especialmente en interceptar comunicaciones de las Farc. Y Sergio Jaramillo, Viceministro de defensa, dijo que los Americanos han sido coadyutorios en la creación de "una cultura profesional de las Fuerzas Especiales" en las unidades de la selva de la élite Colombiana.

Los Americanos, como también sus homólogos Colombianos, siguen con atención muy de cerca la crisis interna de las Farc. Ellos han obtenido información importante de fuentes como los ex-guerrilleros y los rehenes que han sido liberados o han escapado, especialmente de John Pinchao, un policía que logró un extraordinario escape hacia la libertad, el año pasado. La embajada también observó con interés como las Farc se habían descuidado, regresando a los mismos campamentos que habían usado hace mucho tiempo o viajando por las mismas rutas una y otra vez.

Concientes del peligro de un rescate convencional, los planeadores de Colombia y de los Estados Unidos desarrollaron un plan general que requería que la unidad Farc, quienes tenían en su poder a los Americanos, fuera acorralada sin dejarle una salida de escape. Entonces un avión de alto vuelo dejaría caer panfletos para asegurar a las Farc que no se montaría una operación de rescate, y helicópteros provistos de altavoces le dirían a los rebeldes las radiofrecuencias que debían usar para comunicarse con las Fuerzas Militares.

Si bien la política de los Estados Unidos prohíbe negociar con los secuestradores, Brownfield dijo que la idea que estaba detrás de la estrategia era hacer que los negociadores Colombianos y del FBI "trataran de lograrlo con el interés de permitirle a los rehenes que se fueran".

En enero, los funcionarios Colombianos y de los Estados Unidos pensaron que ellos pronto tendrían la oportunidad para poner ese plan en acción. Los equipos Colombianos de reconocimiento descubrieron al equipo de las Farc que tenían a los Americanos en su poder y a otros dos rehenes en alguna parte a lo largo de un río al sur del Departamento del Guaviare.

Doce de las unidades de reconocimiento, algunas de las cuales incluyeron tropas élite de los Estados Unidos, se apostaron a lo largo del río Apoporis, una ruta que los oficiales creían que las Farc iban a tomar. Pero pisarle los talones a los guerrilleros por terrenos que ellos conocían muy bien, era un gran reto.

Los guerrilleros usaban canoas, que se movían rápidamente río abajo. Los soldados caminaban con trabajo. En selvas tan densas donde la visibilidad solo alcanza los 25 pies, las tropas de las fuerzas especiales se movían a un ritmo de sólo dos o tres millas al día.

Pero caminar era lo único que podían hacer, porque los helicópteros hacían que los guerrilleros entraran en pánico. En el mes de Febrero, en cuatro días las Fuerzas Colombianas se acercaron tanto que pudieron ver a los rehenes Americanos bañarse en el río, a pocos pies. Cerca permanecían los guardias rebeldes, con sus rifles de asalto colgando de sus hombros.

Luego, justo antes de que el grupo pudiera ser encerrado, los rebeldes y sus rehenes desaparecieron en la vasta selva de bosque y vías fluviales.

"En este punto, los tenemos" recordaba pensando Brownfield.

Si bien los Colombianos y los Americanos trabajaban estrechamente, el Ministerio de Defensa de Colombia no siempre le informaba a la Embajada Americana sobre los planes que tenían. Los oficiales Americanos descubrieron *por sí mismos que el plan de rescate estaba tomando forma.*

En junio, los Americanos notaron que tres unidades de las Farc, todos ellos conocidos por tener rehenes en su poder, comenzaron a moverse a una región al sudeste de la capital del Departamento del Guaviare, San José.

Brownfield dijo que él y su equipo dedujeron que los Colombianos, usando comunicaciones falsas, estaban ejecutando un plan dirigido a liberar a los rehenes.

Después en ese mismo mes, el Ministro de Defensa Juan Manuel Santos le contó a Brownfield acerca de la Operación Jaque, como una operación jaque mate.

"Había una preocupación, era, las Farc en realidad aquí en el Guaviare estaban cayendo por esto?", recuerda Brownfield. "O estaban ellos en esencia engañándonos, cuando nosotros pensábamos que los estábamos engañando a ellos"

Brownfield dijo que él también pensó para sí mismo, "No estamos enfrentado a un puñado de sujetos aquí en tierras de las Farc".

En los días frenéticos antes de llevarse a cabo la operación, los oficiales Colombianos y Americanos discutían detalles de la operación a distancia, la corrección de estrategias y el hecho de considerar todas las posibilidades.

Brownfield decía que la opinión entre los oficiales de los Estrados Unidos era que el riesgo que debían correr los rehenes Americanos —carta clave en las negociaciones de las Farc para ganar la libertad de los guerrilleros en las cárceles Colombianas- debería ser bajo. Si las Farc descubrieran el engaño, pensaba el embajador, ellos simplemente desaparecerían en la selva con sus prisioneros como trofeo.

Los Americanos también creían que los Colombianos estaban bien preparados, listos para hacer funcionar el plan con éxito.

"Así que respiramos profundo", recordó Brwonfield, *"y dijo, ¡proceda!*

Traducción de Víctor M. Rojas G.

Traductor e intérprete oficial - Resolución N° 0286, Minjusticia 1997

7

The Washington Post

Derechos especiales para este libro

In Colombia Jungle Ruse, U.S. Played A Quiet Role

By Juan Forero -Washington Post Foreign Service

BOGOTA, Colombia, — For months before a group of disguised Colombian soldiers carried out a daring rescue of three American citizens and a prominent Colombian politician from a guerrilla camp, a team of U.S. Special Forces joined elite Colombian troops tracking the hostages across formidable jungle terrain in the country's southern fringes.

The U.S. team was supported by a vast intelligence-gathering operation based in the U.S. Embassy in Bogotá, far to the north. There, a special 100-person unit made up of Special Forces planners, hostage negotiators and intelligence analysts worked to keep track of the hostages. They also awaited the moment when they would spring into action to help Colombian forces carry out a rescue.

That moment came in June after a Colombian army major hatched an unconventional plan. Further developed by Colombian intelligence agents, the plan abandoned the idea of a military raid and relied instead on tricking a rebel group notorious for killing hostages into simply handing over 15 of their most prominent captives. Those included three U.S. Defense Department contractors who had been imprisoned five years in remote jungle camps, as well as Ingrid Betancourt, a politician of French-Colombian citizenship whose plight had become a cause celebre in Europe.

As Colombian planners made last-minute preparations June 30, the U.S. ambassador in Bogotá, William R. Brownfield, briefed Vice President Cheney, Secretary of State Condoleezza Rice and other Bush administration officials in a videoconference call. Two days later, Colombian commandos scooped up the Americans, Betancourt and 11 Colombian soldiers and policemen, receiving praise from around the world for a plan deftly executed.

U.S. troops did not participate directly in the operation, but behind the rescue in a jungle clearing stood years of clandestine American work. It included the deployment of elite U.S. Special Forces in areas where rebel fighters roam, a vast intelligence-gathering operation against the guerrillas, and training programs for Colombian troops and communications specialists in how to intercept and subvert rebel communications.

"This mission was a Colombian concept, a Colombian plan, a Colombian training operation, then a Colombian operation," Brownfield said in an interview Monday in which he recounted details of the U.S. role. "We, however, had been working with them more than five years on every single element that came to pass that pulled off this

operation, as well as the small bits that we did on this operation."

Just months before "Operation Check," Brownfield promised the families of the three Americans, whose single-engine plane had crashed over rebel-held territory in 2003 while on an aerial reconnaissance mission, that he would never recommend that the Bush administration approve a Colombian rescue that would put their loved ones at risk. The Revolutionary Armed Forces of Colombia, or FARC, has killed hostages rather than permit their rescue.

The Bush administration had an understanding with Colombia's government that any operation to rescue the Americans required U.S. approval, meaning an American rejection of the plan could have scuttled it. But Brownfield and a team of 15 American strategists — including intelligence agents and military officers — thought the Colombian plan could succeed.

The complex operation included infiltrators in the FARC's highest echelons, a team of Colombian commandos playing the parts of relief workers and guerrillas, and an elaborate scheme to intervene in the rebels' radio communications network. The sting was directed at the leaders of guerrilla units who were responsible for moving hostages through the jungle but who communicated infrequently with the FARC's seven-man directorate.

Brownfield explained to Cheney, Rice and the others how Colombian officials would ensure that a fake radio message — purportedly from the unit headed by the FARC's supreme leader, Alfonso Cano — would be sent to the guards. The order would be to prepare the hostages to be picked up by a relief agency and then flown by helicopter to the rebel high command.

Members of Bush's Cabinet were uneasy, the ambassador recalled.

"I was pressed fairly hard, as I would expect to be, as I would hope to be, to justify, to explain my recommendations, to offer the basis for my having reached the conclusions that I'd reached," Brownfield said in an interview in his office. "At the end of the day, I felt that I had been forced to offer up a very clear explanation as to how all of us down here — Team Bogotá — had come up with this particular set of positions."

The White House officials agreed with Brownfield and his team. As participants stood up from the meeting, one of the Americans listening to Brownfield in Washington said: "Good luck. In fact, good luck to all of us."

The U.S. assistance to Colombia, part of more than $5 billion in aid since 2000, has come into sharp focus this year as an intense military campaign weakened the FARC, killing seasoned commanders and prompting 1,500 fighters and urban operatives to desert.

Colombian officials have said the American assistance, especially in intercepting FARC communications, has been essential. And Sergio Jaramillo, vice minister of defense, said the Americans have been instrumental in creating "a professional Special Forces culture" in Colombia's elite jungle units.

The Americans, as well as their Colombian counterparts, kept close tabs on the FARC's internal crisis. They gleaned important information from former guerrillas and hostages who had been released or escaped, especially Jhon Pinchao, a policeman who made a remarkable dash to freedom last year. The embassy also noted with interest how FARC guerrillas were becoming sloppy, returning to the same camps they had long used or traversing the same jungle routes again and again.

Aware of the danger of a conventional rescue, U.S. and Colombian planners developed a general plan that called for the FARC unit holding the Americans to be encircled, with no escape route. A high-flying plane would then drop leaflets to assure the FARC that a rescue operation would not be mounted, and helicopters outfitted with loudspeakers would tell the rebels what radio frequencies to use to communicate with military forces.

Though U.S. policy bars negotiating with hostage-takers, Brownfield said the idea behind the strategy was to have Colombian and FBI hostage negotiators "try to make it in their interest to let the hostages go."

In January, U.S. and Colombian officials believed they would soon have a chance to put that plan into action. Colombian reconnaissance teams discovered the FARC team holding the Americans and two other hostages along a river in southern Guaviare province.

Twelve of the reconnaissance units, some of which included elite U.S. troops, were positioned along the Apaporis River, a route officials believed the FARC would take. But tailing the guerrillas through terrain they knew well was challenging.

The guerrillas used canoes, swiftly moving down rivers. The soldiers trudged. In jungle so dense that visibility ended after 25 feet, the special forces troops would move at a rate of only two or three miles a day.

But hiking was the only choice because helicopters would cause the guerrillas to panic. On four days in February, Colombian forces came so close that they saw the American hostages bathing in a river just a few feet away. Nearby stood rebel guards, their assault rifles slung from their shoulders.

Then, just before the group could be encircled, the rebels and their hostages disappeared into the vast jumble of forest and waterways.

"At this point, they're on to us," Brownfield recalled thinking.

Although the Americans and Colombians work together closely, Colombia's Defense Ministry does not always tell the American Embassy what plans are in the works. U.S. officials discovered on their own that a rescue plan was taking shape.

In June, the Americans noted that three FARC units, all of them known for holding hostages, began moving together into a region southeast of the Guaviare capital, San Jose.

Brownfield said he and his team deduced that the Colombians, using fake communications, were executing a deception plan aimed at freeing the hostages. Later that month, Defense Minister Juan Manuel Santos told Brownfield about Operation Check, as in checkmate.

"One worry was, in fact, was the FARC here in Guaviare falling for this?" Brownfield recalled. "Or were they in essence playing us, when we thought we were playing them?"

Brownfield said that he also thought to himself, "We're not dealing with a bunch of bozos here in FARC-land."

In the frantic days before the operation, Colombian and U.S. officials discussed details of the operation at length, troubleshooting and considering all possibilities.

Brownfield said the opinion among U.S. officials was that the risk to the American hostages — key leverage in the FARC's negotiations to win the freedom of guerrillas in Colombian jails — would be low. Should the FARC discover the deception, the ambassador reasoned, they would simply disappear into the jungle with their trophy prisoners.

The Americans also thought that the Colombians were well prepared, ready to make it work.

"So we took a deep breath," Brownfield recalled, "and said, 'Proceed.'"

8

Liberación de Ingrid Betancourt: lo que no dice la versión oficial
Derechos especiales para este libro

Por *Claude-Marie Vadrot*
Editorial MediaPart de Francia.

La versión francesa de la Operación Jaque

Uno de las investigaciones europeas que llama la atención es la del analista Claude-Marie Vadrot, por ser un referente sobre detalles que no tiene en cuenta la versión colombiana de la Operación Jaque. A continuación el artículo que fue cedido por el Director Editorial de MediaPart para este libro:

Hollywood no la tendrá fácil al recrear en cine la liberación de Ingrid Betancourt. Pues el gobierno colombiano, con la amable participación de los Estados Unidos y de ex integrantes de los servicios de contraespionaje israelí, ya se encargó de ofrecernos un verdadero cuento de hadas, que a veces tiene visos chispeante sde una serie de tipo B.

Los medios de comunicación toman a sus lectores y sus telespectadores por tontos y persisten en contar sin el más mínimo disimulo —a excepción de nuestro colega Gil Pérez— y con la voz trémula, el éxito de "la operación militar" conseguida por el Ejército colombiano.

No se trata de poner en tela de juicio la valentía de Ingrid Betancourt, quien finalmente disfruta de su libertad, ni su extraordinaria voluntad de superar su sufrimiento; tampoco se trata de minimizar el alivio de su familia. Pero el gobierno colombiano intenta vender al mundo entero como una de sus armas de lucha, que se trata de una entrega de un grupo de las Farc.

Porque este grupo, hace un poco más de tres meses, había dado a conocer a las autoridades colombianas que estaba dispuesto a rendirse, y esto se divulgó oficialmente más tarde, Y que estaba dispuesto a devolver a los rehenes bajo su control, a cambio de inmunidad y del exilio en Francia.

A fines del mes de marzo el diario El Tiempo publicó una entrevista con un miembro que cuidaba a Ingrid Betancourt y a los tres "militares americanos " (a quienes no se vieron desde la liberación el miércoles 2 de julio de 2008) y que oficializó sus contactos con gobierno de Colombia. El camino propuesto por algunos jefes cansados y desorientados era claro: la entrega de los quince rehenes a cambio de la inmunidad y dinero.

Los diferentes cruces de informaciones hechos con los periodistas de la emisora Radio Caracol, que difunde todos los días los mensajes e intenciones dirigidos a los secuestrados, de la agencia de prensa Anncol (cercana las Farc) y de periodistas colombianos que no quieren atraer la ira de la Presidencia de su país, permiten reconstruir la historia de una entrega transformada en una operación militar. El éxito militar permite reforzar la imagen del Ejército y de un Presidente que ocupa por segunda vez el cargo después de una reforma a la Constitución y que se podría presentar por tercera vez en la próxima elección presidencial.

Desde el mes de marzo, las primeras indicaciones sobre la operación

El 25 de mayo, un día después del anuncio de la muerte del anciano líder de las Farc Manuel Marulanda, el Presidente Uribe, durante una reunión informal con los ciudadanos, declaró oficialmente que el grupo guerrillero que custodiaba a Ingrid Betancourt y a tres estadounidenses estaba dispuesto a liberarlos a cambio de inmunidad y recompensa. Para el presidente era vital evitar más filtraciones de información a los medios de comunicación acerca de una posible "entrega" la cual se venía gestando hacia, por lo menos, dos meses.

El 27 de marzo, un día después de la muerte del líder de las Farc, El Tiempo, periódico cercano al Gobierno, publica su primera insinuación sobre esta maniobra, argumentando el cansancio de muchos guerrilleros desorientados por la muerte de Raúl Reyes, el antiguo jefe que fue dado de baja el sábado 1 de marzo cuando su campamento, ubicado a menos de dos kilómetros en territorio de Ecuador, fue atacado con un misil.

En uno de los tres computadores de Raúl Reyes, se hallaron instrucciones para negociar con los diversos intermediarios, con la Cruz Roja, con el presidente de Ecuador y con Hugo Chávez. Los servicios de inteligencia del Ejército colombiano, con la asistencia de sus asesores en América, han descubierto rápidamente una manera de ponerse en contacto con el grupo que tenía a Ingrid Betancourt y localizar la zona donde estaba escondido. Por cierto, este punto se pone en marcha un primer mecanismo para la liberación de franco-colombiana.

El Embajador de Francia en Ecuador hace una revelación unos días después de la muerte de Raúl Reyes. Se conoce que París era entonces el negociador con los rebeldes que habían preparado un campamento provisional en territorio ecuatoriano. Él se mantuvo en estrecho contacto con Francia y con los gobiernos de Ecuador y de Venezuela. El destacamento presente en el territorio de Ecuador, expresamente autorizado por los emisarios del Presidente Rafael Correa, tenía la tarea de organizar la transferencia de rehenes en esta zona fronteriza.

Por encima de todo, Raúl Reyes, uno de los jefes de la de la guerrilla, quería cambiar su interlocutor, pues las ruidosas intervenciones del venezolano Hugo Chávez podrían poner en tela de juicio la posible liberación de los miembros encarcelados de las Farc en Colombia. En todo caso, esta información fue dada, al parecer, a los servicios especiales de Ecuador por dos miembros de las Farc supervivientes del ataque contra el campamento. Ambos han confirmado que personal ecuatoriano habían proporcionado apoyo logístico para la guerrilla y poder crear un puesto provisional de mando y de comunicaciones. Los dos supervivientes están a buen recaudo en las cercanías de Quito, la capital del país.

Colombia frustró un proceso de liberación vía Ecuador

Ambos guerrilleros describieron la precisión del ataque que destruyó el campamento y del cual lograron sobrevivir gracias a que estaban a unos cientos de metros del lugar donde cayeron las bombas que sorprendieron a los habitantes de ese campamento. De acuerdo con varias fuentes, las bombas o misiles fueron disparados desde un avión de los EE. UU. y no desde aeronaves de la Fuerza Aérea Colombiana.

El ataque fue efectivo gracias a las señales emitidas por uno de los teléfonos satelitales usados por Raúl Reyes, habiendo conseguido algunos días antes el número de ese teléfono; de acuerdo con el gobierno colombiano, los responsables americanos consideraron necesario concluir esta misión. Además, la liberación de Ingrid Betancourt fue programada para el 8 de marzo, Día Internacional de la Mujer.

El propósito de este ataque, de acuerdo con todas las informaciones e indicios, señala que se realizó para impedir la liberación de un secuestrado y su impacto mediático. Y de haber sucedido se restauraría la credibilidad de la guerrilla y reforzaría la posición de Ecuador, Venezuela y Francia. Además, la muerte, en condiciones poco claras, de Iván Ríos, otro líder de las Farc, acentuaría la tentación de romper cualquier proceso de negociación.

Si estas dos operaciones se han concertado, es evidente que la intención de debilitar y fraccionar a la guerrilla con el propósito de romper cualquier tipo de negociación y frenar las liberaciones. El Presidente de Ecuador, Rafael

Correa, declara públicamente que: "¡Miren la bajeza de Álvaro Uribe! Él sabía que en marzo doce rehenes iban a ser liberados, entre ellos Ingrid Betancourt. Lo sabía, y utilizó sus contactos para montar esa trampa y hacer creer al mundo que eran los contactos políticos y poner en marcha una cortina de humo sobre su injustificable acción".

Una negociación directa con el grupo que tenía a Ingrid Betancourt

Otra partida de póquer en la política podrían ser orquestada por los colombianos: se trata de hacer contacto directo con el grupo que retiene a Ingrid Betancourt, para convencerlos de que se entreguen y busquen las mejores soluciones.

El Ejército forma parte de esta jugada: dejar de hostigar a este grupo conformado por más de un centenar de personas. Esto les permitió conseguir más fácilmente los medicamentos y suministros para guerrilleros y rehenes. De ahí que los rehenes liberados se vieran en mejores condiciones de salud y de ánimo, pero ellos no tenían conocimiento de lo que ocurría.

No hubo, a pesar de la versión oficial, ninguna infiltración de los servicios especiales militares. Simplemente con la ayuda logística de los EE.UU., el grupo fue seguido, mientras a través de un emisario se preparaba el escenario de la entrega, tal como lo explicó Ingrid Betancourt, cuando dijo que el traslado lo hacía una ONG ficticia

Pero, ¿qué es lo admiten, si no estaba en secreto, la llegada de varios helicópteros, cuando las Farc no tiene este tipo de transporte aéreo?

Obviamente tomó varias semanas para convencer a uno de los máximos jefes del grupo. La condición de este grupo de las Farc sería la promesa de impunidad y la garantía de que no habría disparo alguno. El trato fue respetado. El 15 de junio, el gobierno colombiano pide al de Francia la oferta de conceder asilo a los rebeldes, con base en el ofrecimiento hecho por Nicolas Sarkozy y François Fillon. La respuesta ha sido positiva, la fase final de la operación se inició sin que los rebeldes tuvieran que moverse y los rehenes están ahora más o menos "presentables".

No quedaba más, en el momento del desenlace, que acreditar la versión inverosímil de una operación militar como resultado de una operación de infiltración. La realidad es menos gloriosa para el Ejército colombiano. Pero lo esencial es la libertad de Ingrid Betancourt y de sus catorce compañeros de cautiverio.

Traducción de J.B.M.

9

Claude-Marie Vadrot - Editorial MediaPart

Derechos especiales para este libro

Libération d'Ingrid Betancourt: ce que ne dit pas la version officielle

Hollywood aura du mal à scénariser la libération d'Ingrid Betancourt. Le gouvernement colombien, avec l'aimable participation des Etats-Unis et d'anciens des services secrets israéliens, s'est déjà chargé de nous offrir un véritable conte de fées, prenant parfois les allures d'une bluette de série B. Les médias prennent leurs lecteurs et leurs téléspectateurs pour des imbéciles en persistant à raconter sans le moindre recul, sauf celui de notre confr»re Gilles Perez, et avec des trémolos dans la voix, le succ»s de « l'opération militaire » réussie par l'armée colombienne.

Ce n'est pas remettre en cause le courage d'Ingrid Betancourt, le plaisir d'apprendre enfin sa libération, ni son extraordinaire volonté de surmonter ses souffrances. Ce n'est pas minimiser le soulagement de ses familles. Mais le gouvernement colombien tente de vendre au monde entier comme un fait d'armes, ce qui n'est qu'une reddition d'un groupe des FARC.

Car ce groupe, il y a un peu plus de trois mois, avait fait savoir aux autorités colombiennes, qui s'en firent officiellement l'écho plus tard, qu'il était prêt à se rendre. Et qu'il était prêt à rendre les otages sous son contrôle, en échange d'une immunité et d'un départ en exil pour la France.

C'est vers la fin du mois de mars, comme le quotidien El Tiempo s'en fit l'écho avec l'interview d'un prêtre, que le groupe chargé de la garde d'Ingrid Betancourt et des trois « militaires américains » (nul ne les a vus d'ailleurs depuis leur libération mercredi) a officialisé ses contacts avec le gouvernement colombien. Le marché proposé par quelques chefs fatigués et désorientés était clair : la livraison de la quinzaine d'otages contre de l'argent et l'immunité.

Les différents recoupements effectués aupr»s de journalistes de Radio Caracol, la radio qui diffuse tous les jours des messages à l'intention des otages, de l'agence de presse Anncol (réputée proche des FARC) et de journalistes colombiens qui ne veulent pas s'attirer les foudres de la présidence de leur pays, permettent de reconstituer l'histoire d'une reddition transformée en opération militaire. Succ»s militaire qui permet opportunément de renforcer l'image de l'armée et d'un président par ailleurs occupé à faire modifier la constitution pour pouvoir se présenter une troisi»me fois à la prochaine élection présidentielle.

Des le mois de mars, de premières indications sur l'opération engagée

Le 25 mai donc, le lendemain de l'annonce de la mort du vieux chef des FARC, Manuel Marulanda, le président

Uribe, au cours d'une réunion informelle avec des cito-yens, déclara officiellement que le groupe de guérilleros qui gardait Ingrid Betancourt et les trois Américains était prêt à les rel‰ocher en échange de l'immunité et d'une récompense. Pour le président il s'agissait de prévenir les fuites dans la presse sur une opération de « retourne-ment » déjà engagée depuis au moins deux mois.

C'est en effet le 27 mars, au lendemain de la mort du chef des FARC, que El Tiempo, journal proche du gouver-nement, publie sa premi»re allusion à cette manÏuvre. Il s'agit alors de mettre à profit la lassitude de nombreux guérilleros désorientés par la mort de Raul Reyes. Le vieux chef a été liquidé le samedi 1er mars par un missile fra-ppant son camp situé moins de deux kilom»tres à l'intérieur du territoire de l'Equateur.

Dans l'un des trois ordinateurs de Raul Reyes, chargé habituellement de négocier avec divers intermédiaires, avec la Croix-Rouge, avec le président équatorien et Hugo Chavez, les services de renseignements de l'armée colom-bienne, aidés par leurs conseillers américains, ont rapi-dement découvert le moyen de contacter le groupe chargé d'Ingrid Betancourt et de localiser la zone o' il se cachait. A ce moment, d'ailleurs, un premier mécanisme de libéra-tion de la Franco-Colombienne était en cours de réali-sation.

L'ambassadeur de France en Equateur l'a laissé entendre quelques jours apr»s la mort de Raul Reyes. Paris savait alors que le négociateur des rebelles avait établi un camp provisoire en territoire équatorien. Il était en contact étroit avec la France et les gouverne-ments équatoriens et vénézuéliens. Le détachement pré-sent sur le territoire équatorien, expressément autori-

sé par les émissaires du président *Rafael Correa*, avait pour mission d'organiser le transfert des otages, depuis cette zone frontiére. Surtout, *Raul Reyes*, responsable de la communication de la guérilla, souhaitait changer d'interlocuteur, les interventions bruyantes du Vénézuélien *Hugo Chavez* risquant de remettre en cause l'éventuelle libération des membres des FARC emprisonnés en Colombie. C'est en tous les cas ce qu'auraient rapporté aux services spéciaux équatoriens deux membres des FARC, rescapés de l'attaque du camp.

Ces deux membres ont confirmé que des éléments équatoriens armés avaient fourni une aide logistique permettant à la guérilla d'installer un poste de commandement et de communication provisoire. Ces deux rescapés ont depuis été mis en s•reté dans les environs de Quito, la capitale du pays.

La Colombie fait échouer un processus de libération via l'Equateur

Ces deux guérilleros ont décrit la précision de l'attaque qui a détruit ce camp, attaque à laquelle ils ont échappé parce qu'ils s'étaient éloignés de quelques centaines de m»tres. Ils ont raconté que cinq bombes ont frappé simultanément la vingtaine d'hommes qui y vivaient depuis quelques jours.

Selon plusieurs sources, ces bombes ou missiles n'ont pas été largués par des avions colombiens mais par des appareils américains volant à haute altitude. Ils ont été guidés par le faisceau d'ondes émis par l'un des téléphones satellites utilisés par *Raul Reyes*.

Ayant réussi à se procurer quelques jours auparavant le numéro de ce téléphone, et en accord avec le gouvernement colombien, les responsables américains ont estimé nécessaire de mettre un terme à la négociation qui était sur le point d'être finalisée.

La libération d'Ingrid Betancourt était alors programmée pour le 8 mars, journée internationale de la femme.

L'objectif de cette attaque, toutes les informations et tous les indices l'indiquent, était de remettre en cause la libération d'une otage médiatique.

Car, dans ces conditions, cette libération aurait redoré la réputation d'une guérilla en perte de vitesse; elle aurait été portée au crédit de l'Equateur, du Venezuela et de la France. La mort, dans des conditions mal éclaircies, le vendredi 7 mars, d'un autre dirigeant des FARC, Yvan Rios, ne pouvait qu'accentuer la tentation de rupture de tout processus de négociation.

Si ces deux opérations ont été concertées, il est évident qu'elles visaient à affaiblir la fraction des guérilleros désireuse de sortir de l'impasse et de négocier les libérations. Le président Correa de l'Equateur déclara alors publiquement :

« Regardez la bassesse d'Alvaro Uribe, il savait qu'en mars douze otages allaient être libérés, parmi eux Ingrid Betancourt. Il le savait et il a utilisé ses contacts pour monter ce traquenard et faire croire au monde qu'il s'agissait de contacts politiques et pour lancer un écran de fumée sur son action injustifiable. »

Une négociation directe avec le groupe détenant Ingrid Betancourt

Une autre partie de poker politique pouvait alors être engagée par les Colombiens. Elle consista à prendre contact directement avec le groupe identifié gardant Ingrid Betancourt, et à le convaincre que la reddition était la meilleure des solutions.

L'armée se rapprocha d'eux; elle cessa de harceler ce groupe d'une centaine de personnes. Ce qui lui a permis de se procurer plus facilement des médicaments et des provisions, pour les guérilleros et pour les otages. D'o• l'apparence de meilleure santé des otages libérés mercredi : ils ont eu le temps de reprendre des forces, même s'ils n'étaient évidemment pas conscients de ce qui se tramait.

Il n'y a eu, en dépit de la version officielle, aucune infiltration des services spéciaux militaires. Simplement, avec l'aide logistique (et notamment le support de drones) américaine, le groupe a été suivi jour apr»s jour pendant que se préparait par radio, et par l'intermédiaire d'un émissaire, le scénario de reddition. Scénario reposant, comme l'a expliqué Ingrid Betancourt, sur une évacuation de sécurité par une ONG imaginaire. De quoi faire admettre, à ceux qui n'étaient pas dans le secret, l'arrivée de plusieurs hélicopt»res, puisque les FARC ne disposent pas de ce type de moyens aériens.

Il a évidemment fallu plusieurs semaines pour qu'un maximum de chefs du groupe soient convaincus. La condition de ce groupe des FARC étant d'abord l'impunité promise et l'assurance qu'aucun coup de feu ne serait tiré. Le contrat a été respecté. Vers le 15 juin, le gouvernement colombien a fait demander à la France si l'offre d'accorder l'asile aux rebelles, offre faite tant par Nicolas Sarkozy que par François Fillon, tenait toujours. La réponse ayant été positive, la phase finale de l'opération a été mise en route sans que les rebelles aient à se déplacer, les otages étant à peu pr»s désormais « présentables ».

Il ne restait plus, au moment du dénouement, qu'à accréditer l'invraisemblable version d'une opération militaire surprise, résultat d'une opération d'infiltration. La réalité est moins glorieuse pour l'armée colombienne. Mais l'essentiel est la liberté d'Ingrid Betancourt et de ses quatorze compagnons de captivité.

10
Tres preguntas europeas

Varios medios de comunicación, en especial de España, como nos lo corroboró una Corresponsal en Colombia, se cuestionaron tres elementos puntuales de este Operativo "perfecto" que no lo había logrado ni el más científico de los efectuados por Israel en los últimos 50 años:

- El primero que la acción de liberación de secuestrados se desarrolló sin el más mínimo tropiezo y similar en su resultado a la liberación de los Embajadores en la sede en Bogotá de la Embajada de República Dominicana que fue logrado exclusivamente gracias a un pago comprobado de al menos un millón de dólares al M-19, un grupo guerrillero hoy desmovilizado que conforma hoy parte del Polo Democrático, una fuerza izquierdista pero en democracia.

- El segundo que recién divulgado el rescate, no existían imágenes continuas de la Operación Jaque, aparte del video oficial divulgado por las Fuerzas Militares de Colombia, cuando, normalmente, este tipo de acciones son detalladamente filmados y las imágenes ampliamente difundidas a toda la prensa por quien lo ejecuta. Tan sólo 34 días después, alguien que conformó el grupo militar asesor colombo-americano de la Operación Jaque, a cambio de dinero "vendió" a una cadena privada de televisión de Colombia imágenes con varios detalles de la Operación que obligaron al Gobierno a censurar a los militares colombianos por el uso planeado del símbolo de la Cruz Roja y la falsa versión de disculpas, al parecer, que había sido un militar nervioso, cuando en el video aparece con el símbolo de la Cruz Roja al lado de un General de la República.

El tercero: que no hay explicación clara y mas bien improbable que el propio Comandante "César", y su escolta "Gafas" que se suponían iban sólo a trasladar secuestrados esposados de un campamento a otro, se subiesen al helicóptero sin su indispensable y nunca abandonado fusil de largo alcance para protección del mismo helicóptero "humanitario" y sólo con arma de corto alcance como figura en la grabación televisiva, pero en cambio sí tuvieron la precaución de subir las cadenas de los secuestrados y sus candados.

11

La versión israelita del Jaque

En los medios de comunicación de Israel se destaca la participación indirecta de distintos organismos israelíes en la operación de rescate para liberar a Ingrid Betancourt, entre ellos el asesoramiento por parte de un ex miembro del Estado Mayor del Ejército israelí.

La Operación Jaque guarda similitud, en planificación y coraje, con la que israelíes realizaron en 1976 en Entebbe, Uganda, para rescatar a los pasajeros del avión de Air France secuestrado por palestinos y alemanes.

La relación de Israel con la Operación Jaque pasa por el General retirado Israel Ziv, ex jefe de planificación del Estado Mayor del Ejército israelí y uno de los cerebros planificadores de la retirada israelí de la Franja de Gaza en 2005.

Ziv creó una empresa de servicios de seguridad, Global CST, y desde hace año y medio sirve de asesor a las Fuerzas Armadas de Colombia, mediante el suministro e instrucción de modernos instrumentos para facilitar la lucha contra el terrorismo.

Según el General Israel Ziv, la Operación Jaque *"fue una operación combinada de los servicios de inteligencia y de las fuerzas especiales, en la que nuestra contribución (de Israel) fue ayudar en la construcción de la capacidad operativa, hay limitaciones a lo que puedo decir, pero hemos tenido una participación muy profunda en la forma de actuar de las fuerzas de elite. Los colombianos se parecen hoy mucho a nosotros en su determinación, originalidad y atrevimiento".*

De otra parte, las conexiones en defensa entre Israel y Colombia, que tienen el visto bueno de la administración estadounidense, comenzaron hace ya años pero recientemente se fortalecieron debido a las relaciones personales entre un ex ministro israelí que milita en el Laborismo y los gobernantes de Colombia.

De acuerdo con el analista internacional radicado en París Eduardo Febbro, "Sin el aporte de la agencia norteamericana y los consejos de agentes israelíes expertos en el engaño cuerpo a cuerpo, Betancourt seguiría en la selva". De su análisis se desprende que las Farc cayeron en el engaño de la Operación Jaque similar a la trampa o engaño cuando en Cali, los guerrilleros se camuflaron como falsos policías, en abril de 2002, para secuestrar a 12 diputados de la Asamblea Departamental del Valle del Cauca.

"Un general israelí en la reserva escuchó a Ingrid Betancourt cuando elogiaba la operación militar que supuso su liberación, comparándola a las de los comandos del Ejército israelí". así lo revela el Canal 10 de la TV en Jerusalén. Además, este Canal de televisión asegura que Ziv formó parte activa del entrenamiento y preparación del Comando de Rescate que ejecutó la Operación Jaque

Además, el periódico israelí *Haaretz*, citando una fuente en Israel, afirmo "dos asesores israelíes estaban presentes en una base militar de Colombia, en un entrenamiento de las fuerzas especiales preparando el modelo para llevar a cabo la operación de rescate".

También se les dio entrenamiento en habilidades inter-personales, manejo de pánico, estrés y se les adiestró en Krav Maga, una técnica de defensa personal desarrollada en Israel, con la cual pudieron reducir a "César" y "Gafas" en el helicóptero libertador. El Krav Maga está basado en valores morales y humanos, enfatizando la integridad per-sonal, la no-violencia, y la conducta humilde. El Krav Maga (que significa en el idioma hebreo "combate cuerpo a cuer-po") es el sistema oficial de combate y defensa personal usado por las fuerzas de defensa de Israel, la policía israe-lí, y servicios de seguridad, y en numerosas fuerzas de la armada de Estados Unidos. Lo que no quedó claro, fue la agresión física que recibió en su ojo el Comandante "Cé-sar", cuando fue reducido por los militares colombianos dentro del helicóptero, pues el Krav Maga israelita, evita el daño físico. El Agente Especial colombiano consultado nos informó que fue el "knout out" le fue propinado como desahogo y con furia vengativa por el rehén norteamerica-no Keith Stansell

De otra parte el escritor Fred Álvarez reconfirmó la participación israelita: *"... un artículo del periodista Yossi Melman, del diario israelí Haaretz, la actividad israelí en la operación de rescate implicó a decenas de expertos de seguridad y fue coordinada por la empresa Global CST, propiedad del ex jefe de planificación del Estado Mayor israelí, General Israel Ziv, y el General de Brigada y antiguo responsable de inteligencia militar, Yosi Kuperwasser".*

El periódico *Yediot Aharonot*, el de mayor circulación en suelo isaraelí, señala que la participación israelí se enfocó en "asuntos de inteligencia, adiestramiento y creación de infraestructuras operativas". Según el Ministerio Defensa de Israel, los generales Ziv y Kuperwasser no tomaron parte activa en la operación, pero sí se encargaron de buscar a varios expertos que se han desempeñado en el Mosad (el servicio de inteligencia israelí en el exterior), el Shin Bet (el servicio de seguridad general) y en distintas unidades del Ejército israelí.

Antecedentes de la Operación Jaque: Entebbe

El mover las fichas del tablero de ajedrez para lograr este cometido, tiene un antecedente también israelí en la Operación Entebbe que tuvo lugar entre la noche del 3 de julio y la madrugada del 4 de julio de 1976.

El 27 de junio de 1976, el vuelo 139 de Air France, un Airbus A300 que llevaba 244 pasajeros y 12 miembros de la tripulación, despegó de Atenas con destino a París. Poco después del despegue, sobre las 12:30, el vuelo fue secuestrado por cuatro terroristas. De estos terroristas, dos eran miembros del Frente Popular para la Liberación de Palestina y los otros dos de la Facción del Ejército Rojo Alemán. Los secuestradores obligaron a que el avión se desviara hacia Bengasi, Libia. Allí estuvo durante siete horas, llenaron los depósitos de combustible y se liberó a una prisionera embarazada. El vuelo despegó de nuevo, aterrizando sobre las 03:15 de la madrugada en el Aeropuerto Internacional de Entebbe, en Uganda.

En Entebbe pidieron la liberación de 40 prisioneros palestinos encarcelados en Israel y de otros 13 repartidos por países como Kenia, Francia, Suiza y Alemania. Los pasajeros quedaron como rehenes en la entrada de la vieja terminal. Los secuestradores liberaron posteriormente una gran parte de ellos, manteniendo únicamente a los israelíes y a los judíos, a los cuales amenazaron con asesinar si el gobierno israelí no llevaba a cabo las exigencias de los secuestradores de liberar a los presos palestinos.

El gobierno de Israel rechazó negociar con los secuestradores en un primer momento, pero tras sufrir las presiones de familiares y otros gobiernos aceptó un posible acuerdo y consiguieron que el presidente ugandés Idi Amin hablara con los terroristas para aumentar el plazo dado para la liberación de los secuestrados. Pero el estado mayor israelí engañó a todos y en su lugar, decidió preparar una operación militar de rescate para liberar a los que aún estaban prisioneros.

A las 23 horas (según horario israelí, una de la madrugada según la hora local), aterrizaba en Entebbe el primer Hércules, con el principal equipo de asalto a bordo. Sin que se hubiese detenido, saltaron miembros de la Sayeret Golani para colocar balizas de emergencia, en caso de los ugandeses apagasen las luces de la pista. Pocos metros después, y sin haber parado aún, se abrió el gran portón trasero del avión y descendieron dos Land Rover y un gran Mercedes negro, pertrechado como el coche oficial de un alto cargo ugandés o del propio Amín, enarbolando banderas nacionales. En los tres vehículos se amontonaban 35 hombres de la Sayeret Matkal.

A toda velocidad, se dirigieron a la torre de control, adyacente a la terminal donde se encontraban los rehenes. Disminuyeron su ritmo cuando dos centinelas ugandeses les dieron el alto al acercarse a las edificaciones. Pese a que los comandos iban uniformados con uniformes de camuflaje del conocido como "lagarto", de origen francés y usados por los hombres del FPLP, e informes de inteligencia afirmaban que Idi Amin tenía un séquito de guardaespaldas de la organización, los israelíes no quisieron correr riesgos y dispararon a los africanos con armas con silenciador. Ambos fueron abatidos, el primero en el acto, pero sobre la suerte del segundo existen dos versiones: que fue abatido por un comando con un arma sin silenciador, o que el centinela consiguió disparar su arma antes de morir.

En definitiva, una operación militar titánica y similar, Operación Jaque, llevada a cabo a casi cuatro mil kilómetros de distancia, contaba con tácticas de engaño similares y también con una ejecución casi impecable y con el mismo sello: el genio militar israelita.

PARTE
III

¿LOS CÓMPLICES?

12
El Comandante "César"
y su esposa "Doris Adriana"

Radio Suisse Romande -RSR-: ¿Los cómplices?

La *Radio Suisse Romande* confirmó y se reafirmó tanto en el importe de US$20'000.000 aportado por los americanos para el logro de la Operación Jaque, y sobre la función de intermediaria de la esposa del Comandante "Cesar" que empezó a desempeñar cuando fue capturada para siempre, hasta el final de sus días.

Informa la Radio Suisse Romande que ella fue quien abrió un canal de negociaciones con los captores, y que esta negociación no se hizo con las Farc en su conjunto, pues habría sido con "Alfonso Cano" el sucesor de "Tirofijo" y de "Raúl Reyes" dado de baja por el Ejército de Colombia en suelo Ecuatoriano a sólo 1.700 de la frontera con Colombia.

La información de la *Radio Suisse Romande* abrió una puerta fundamental en esta investigación, al indicar que la Guerrillera, por ser la esposa del Comandante "César" habría sido celosamente buscada y espiada hasta ser detenida cuando ingresaba de incógnita a Venezuela. Inmediatamente fue conminada y solicitada en extradición por EE. UU. como negociadora de cocaína y por compra de armas en Venezuela, Brasil y Guyana.

Afirma la *Radio Suisse Romande*, que ella luego de ser detenida fue la llave para llegarle a su esposo el Comandante "César": *"Ella permitió abrir un canal con los captores de los rehenes..."*.

RSR afirma que *"...Una fuente confiable, probada en varias ocasiones durante los últimos veinte años, ha proporcionado los detalles a nuestro colega Frédéric Blassel. Dijo que el importe de la operación es de aproximadamente veinte millones de dólares"*.

Y afirma categóricamente la RSR que la esposa del guardián de los rehenes fue quien actuó como intermediaria con Gerardo Aguilar "Comandante César" quien se subió al helicóptero con los secuestrados.

RSR - "Es la esposa del guardián de los rehenes... quien actuó como intermediaria desde su detención por las fuerzas colombianas. Ella permitió abrir un canal de negociaciones con los captores de los rehenes y consiguió que su carcelero, Gerardo Aguilar, cambiara su campamento".

De igual forma Blassel en varios medios de comunicación que lo contactaron se reafirmó ratificando la investigación: *"la presunta negociación se hizo con el rebelde conocido como "César". "No fue una negociación con las Farc directamente, sino con una persona muy importante de esa organización que es el Comandante "César"*.

Logramos comprobar para este libro que alrededor de esta guerrillera se fue tejiendo una red de inteligencia, altamente eficiente, que permitió, inicialmente, infiltrarla vendiéndole equipos de telefonía satelital que ella requería como

Jefe de Comunicaciones del Frente I de las Farc. A dichos equipos se les introdujo un minúsculo chip que interceptaba satelitalmente sus conversaciones.

Rastreando estos teléfonos los expertos americanos obtuvieron informaciones clave de los intercambios de cocaína y dólares a cambio de compras de cargamentos de armas y municiones que realizaba esta guerrillera alias "Doris Adriana" para el Frente I de las Farc, frente asignado para la custodia de los tres americanos secuestrados y de Ingrid Betancourt.

Aquí se inicio el primer eslabón de la cadena de inteligencia que concluyó en el brillante diseño conocido como Operación Jaque: la Jefe de Comunicaciones del Frente 1 de las Farc estaba interceptada y todos sus negocios y movimientos quedaban plenamente registrados por el equipo norteamericano de comunicaciones de la "Field House" o base de operaciones en la famosa hacienda "Larandia", montada con la más alta tecnología para interceptaciones de radio, triangulación con mapas para ubicar el sitio exacto de las personas que conversaban telefónicamente y con procesadores satelitales de imágenes.

Una coincidencia fortuita del azar, del destino o del amor, vino a sumarse al éxito de tener detectada telefónicamente y e identificada satelitalmente la imagen de la guerrillera "Doris Adriana". Que esta bella mujer era justamente la misma Nancy Conde Rubio, amante esposa del jefe máximo del Frente I de las Farc, el feroz Comandante "César".

Aquí nació la acertada estrategia de inteligencia de centrar todo su esfuerzo y dedicación alrededor de "Doris Adriana". A través de sus comunicaciones telefónicas se infiltraron también las redes de negocios que utilizaba "Doris Adriana" para el blanqueo de dólares producto de la venta de dinero y para efectuar giros de dineros a sus proveedores de armas de Brasil, Venezuela y Surinam. Día a día se fue construyendo el organigrama de negocios, contactos, proveedores que manejaba la guerrillera para proveer de armas, medicinas, alimentos y suministros al Frente I, liderado por su amante esposo.

Tanto el Comandante "César" como "Doris Adriana", militantes rigurosos de las Farc, jamás se llegaron a imaginar que alrededor de ellos, como los otrora "Bonny and Clide", se tejía una red que los terminaría enredando y haciéndoles cómplices forzados del rescate del botín más preciado de las Farc: los tres americanos. En los anales de la futura historia del nacimiento y ocaso de este grupo guerrillero, es factible que quede constancia que su mayor error histórico fue este secuestro, que motivó al Departamento de Estado a enviar a Colombia a sus mas eficientes Agencias: FBI, CIA, DEA, NSA, DIA a instalarse en Colombia con altísima tecnología, con un presupuesto de US$250 millones, con una vocación y misión admirable: rastrear, interceptar, infiltrar, capturar guerrilleros, pagar colaboradores, prometerles amnistías judiciales, con el fin de rescatar a sus tres ciudadanos y trasladarlos vivos y sanos a su país.

Infiltrada por doquier "Doris Adriana", se diseñó un plan colombo-americano de seguimiento físico y su captura y proceder de inmediato a sindicarla de sus múltiples delitos que irremediablemente la conducirían a una extradición a Estados Unidos con una presunta condena a 60 años de cárcel como a Simón Trinidad salvo que "cooperase" para hacer factible la liberación de los tres americanos y así obtener las rebajas de ley que ofrece la Justicia Americana a quien efectivamente "colabora".

Detectada como ya estaba por sus comunicaciones

telefónicas interceptadas, su red de contactos y empresas de Villavicencio fueron allanadas y ella fácilmente capturada cuando, lejos de la protección y guarida del Frente I de las Farc, fue detenida en un operativo tendido el 31 de enero de 2008, cuando intentaba ingresar en Venezuela a sus negocios de armas.

Por diversos medios, para este libro, intentamos contactarla, sin lograrlo, para corroborar la información suiza y despejar el tema de dinero y soborno que por intermedio de ella, habría podido ser ofrecido a ella con rebajas de penas en los EE. UU. y posiblemente a su esposo el Comandante "César", para que "César" actuara como facilitador y no impedir el operativo de liberación de los tres contratistas americanos y, al contrario, subirse sin guerrilleros ni fusiles en el mismo helicóptero "humanitario".

Y si al ser ambos luego extraditados –marido y mujer– podrían reencontrarse luego de una corta pena carcelaria en Estados Unidos y después perderse su rastro como colaboradores de la Justicia Americana como ha sucedido, probadamente, con otros "colaboradores". Esta afirmación de la *Radio Suisse Romande* no acertamos a verificarla o desmentirla, pues el abogado que intentó contactarla no logró su cometido. Habrá que esperar 20 años cuando estos procesos en EE. UU. se desclasifiquen.

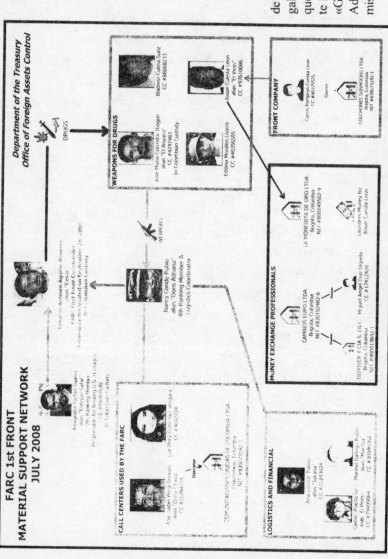

FARC 1st FRONT
MATERIAL SUPPORT NETWORK
JULY 2008

Department of the Treasury
Office of Foreign Assets Control

Esta es la red de lavado de dinero ilegal, de tráfico ilegal de armas y narcotráfico que servia de soporte al Frente I de las Farc, aquí figuran «Gafas», «César» y «Doris Adriana» como líderes de la misma.

13
"Doris Adriana":
La intermediaria para la Operación Jaque

Ella se llama Nancy Conde Rubio "Doris Adriana", ingresó en las Farc hace 20 años, cuando sólo tenía 16 años de edad. Era tal vez la mujer colombiana más bella que se ha terciado un fusil y ha enfrentado en combate al Ejército. Esta es su historia.

Para la *Radio Suisse Romande*, "Doris Adriana", pieza clave en este tejido Jaque, luego de ser detenida y encarcelada por las fuerzas de seguridad de Colombia, fue contactada en prisión y actúo como intermediaria para una negociación (o un engaño, tesis que tampoco se puede desechar) con su esposo o compañero, el Comandante "César" es decir Gerardo Aguilar.

Fue buscada como aguja en un pajar, por los servicios de inteligencia, así nos lo confirmoó el Agente Especial y capturada el 31 de enero de 2008 en el Departamento Norte de Santander por el Ejército en un retén militar en Los Vados, en la carretera rumbo a Pamplona, y se le sindicó de ser la sucesora de Nayibe Rojas, alias "Sonia", la guerrillera extraditada a los Estados Unidos junto con "Simón Trinidad".

"Doris Adriana", hoy ya de 36 años de edad y natural de la población cundinamarquesa de Guasca, fue asignada por el Secretariado de las Farc para asumir las funciones de alias "Sonia". Cuando Conde Rubio ingresó en el movimiento guerrillero, ella tenía 16 años de edad, escalando posiciones en el movimiento y ganándose la confianza de sus superiores gracias a su simpatía, belleza y sagacidad. "Doris Adriana", nombre o alias que ella había escogido por su parecido con la atractiva Doris Adriana Niño quien falleció en el apartamento del cantante vallenato Diomedes Díaz,

Operación Alianza: objetivo Nancy Conde Rubio

El éxito de la Operación Jaque debe su éxito no sólo a un engaño de los militares a los rebeldes de las Farc, sino también a una larga operación de Estados Unidos y Colombia para cortar o infiltrar las líneas de abastecimiento y comunicaciones de los insurgentes.

El ingrediente básico de esa operación surgió con una empresa fantasma creada por el FBI en La Florida que vendió teléfonos satelitales a guerrilleros y cuyas comunicaciones intervenidas o interceptadas podían ser escuchadas por las autoridades.

La operación llamada "Alianza" comenzó con una llamada a un teléfono satelital en el año 2003, pocas semanas después de que el avión de vigilancia de los tres contratistas estadounidenses cayó en las selvas del sur colombiano en febrero de aquel año.

La llamada era de Nancy Conde, la jefe regional de finanzas y de abastecimientos de las Fuerzas Armadas Revolucionarias de Colombia - Farc. Su novio, también un guerrillero, iba a convertirse, si no era ya, en el carcelero de los tres contratistas. Conde llamaba a contactos en Miami para adquirir teléfonos satelitales. Lo que Conde no soñó: agentes de seguridad la grababan.

Agentes federales estadounidenses arrestaron a los contactos de Conde en Miami, quienes a cambio de sentencias reducidas pusieron a la mujer en contacto con una empresa ficticia creada por el FBI.

A lo largo de cuatro años, la empresa del FBI surtió a Conde de teléfonos satelitales intervenidos o interceptados junto con otros equipos de comunicaciones, con lo cual desequilibró a la unidad rebelde y eventualmente ayudó a las autoridades en la tarea de ubicar y estrangular sus líneas de abastecimiento.

En total, las autoridades estadounidenses y colombianas interceptaron más de 5.000 conversaciones telefónicas durante cuatro años como parte de la "Operación Alianza". Las conversaciones incluían temas no "sólo de finanzas, de equipos de comunicación, de víveres, de armamento, sino también de equipo médico, medicamentos, de gente que iba directamente a atender a los heridos", según Luis Ernesto Tamayo, agente del Departamento Administrativo de Seguridad (DAS) encargado de la operación en Colombia.

La red de suministros

La operación Alianza facilitó allanar un centro de comunicaciones de los guerrilleros en la ciudad de Villavicencio, en el Departamento del Meta, desde donde se presumía que Nancy Conde operaba varios frentes rebeldes. Esta ciudad era un punto estratégico para acceder a las pistas aéreas clandestinas en zonas controladas por las Farc.

De otra parte, Conde contaba con proveedores y compradores en por lo menos ocho países, incluyendo Brasil, Surinam, las Guyanas y Venezuela, donde gran parte del negocio era el de drogas por armas. El abastecimiento de Conde para las Farc suministraba armas, ropa, alimentos y hasta artículos de belleza. De acuerdo con documentos judiciales de Colombia y Estados Unidos, les suministró a las Farc:

- 20 sofisticadas brújulas, radios de alta frecuencia y GPS.

- 350 tarjetas SIM para llamadas de teléfonos satelitales desde Estados Unidos.

- Rifles, pistolas, escopetas y municiones.

- Instrumentos para cirugías "de reconstrucción".

El Operativo se hizo en las ciudades de Bogotá, Villavicencio, Palmira, Cúcuta y San José del Guaviare, y los presuntamente implicados fueron, al parecer, Luis Alfredo Moreno García y Alejandro Rico Cuervo (médicos), Emilio Muñoz Franco, Juan Carlos López Medina, Ana Leonor Torres, Luz Mery Gutiérrez Vergara, Ana Isabel Peña Arévalo, Yenith Gaona Molano, María Vilma Ovalle de Chavarro, y Abel Salazar Escobar, junto con Camilo Rueda Gil, Elbert Plazas Cañón, Yonfry César Urrego, Carlos Julio Martínez Estrada, Bladimir Culman Sunz. Ellos estarían, supuestamente, vinculados ya sea como propietarios o simples funcionarios, que en algunos casos no implica responsabilidad judicial, pero fueron inicialmente mencionados con las siguientes empresas con contactos con la sagaz y bella "Doris Adriana":

- Cambios Euro Ltda, Carrera 7 Nº 115-60 Local F-109, Bogotá, Colombia; NIT # 830102482-6

- Colchones Sunmoons Ltda, Carrera 50 Nº 37-45 Sur, Bogotá, Colombia; NIT # 830073142-1

- Comunicaciones Unidas de Colombia Ltda (alias Radio Comunicaciones Sur del Guaviare Ltda), Calle 38 N° 33-72 Oficina 202, Villavicencio, Colombia; NIT # 822000712-8

- DizRiver y Cía. S. en C., Carrera 68B N° 78-24 Unidad 23 Interior 5 Apartamento 402, Bogotá, Colombia; NIT # 900013642-1

- Exchange Center Ltda, Avenida Carrera 19 N° 122-49 Local 13, Bogotá, Colombia; Calle 183 No 45-03 Local 328, Bogotá, Colombia; NIT # 830003608-2

- La Monedita de Oro Ltda, Carrera 7 N° 115-60 Local C227, Bogotá, Colombia; NIT # 800149502-9

Captura y cargos contra "Doris Adriana"

El eje central de esta red, Nancy Conde Rubio, fue capturada cuando se trasladaba en un bus en la vía Los Vados, en Cúcuta, Norte de Santander, en compañía de un niño menor de dos años y con otro guerrillero que se hacía pasar como su esposo. Los presuntos esposos se identificaron ante la patrulla del ejército con cédulas venezolanas que, posteriormente, se constató eran ficticias; e igualmente se supo que el niño tampoco era hijo de ninguno de los dos. En las diligencias judiciales se le acusó de ser la Operadora de Radio y Jefe de Comunicaciones de Gerardo Antonio Aguilar, el Comandante "César". Además, de ser la encargada de comprar en Brasil, Venezuela y Guayana armamento para las Farc. "Doris Adriana" fue trasladada a Bogotá a la cárcel de mujeres El Buen Pastor.

De acuerdo con fuentes que consultamos en la Fiscalía General de la Nación, la red que lideraba Nancy Conde Rubio prestaba apoyo a las Farc en el intercambio de cocaína por armamento, en su mayoría fusiles AK47, pistolas, revólveres, bombas y munición. Además de elementos de radiocomunicación como teléfonos satelitales, equipos GPS y radios de frecuencia UHF, radios ICOM V-8 y miles de minutos en teléfonos satelitales. También servicios médicos, fármacos y anticonceptivos.

Los delitos por los cuales se acusó a "Doris Adriana" y luego se le "motivó" a colaborar fueron:

- Como partícipe de operaciones de narcotráficos a nombre del Frente I de las Farc,

- Como artífice máxima de operaciones de blanqueo y lavado de dólares de narcotráfico

- Como cabeza de tráfico de armas en Brasil, Venezuela y Surinam para las Farc.

- Como participe del secuestro y custodia de los tres ciudadanos americanos

- Como participe de múltiples acciones de militares, tomas, muertes a nombre de las Farc.

El pedido de extradición

El gobierno de los Estados Unidos, solicitó en extradición a Nancy Conde Rubio por narcotráfico. La Oficina para el Control de Activos Extranjeros (Ofac, por su sigla en inglés) del Departamento del Tesoro de Estados Unidos agregó a nueve integrantes de las Fuerzas Armadas revolucionarias de Colombia, Farc, en la lista de Traficantes de Narcóticos Especialmente Designados (Sdnt), más conocida como "Lista Clinton".

The Kingpin Act became law on December 3, 1999. The Kingpin Act establishes a program targeting the activities of significant foreign narcotics traffickers and their organizations on a worldwide basis. It provides a statutory framework for the President to impose sanctions against significant foreign narcotics traffickers and their organizations on a worldwide basis, with the objective of denying their businesses and agents access to the U.S. financial system and to the benefits of trade and transactions involving U.S. companies and individuals.

The Kingpin Act blocks all property and interests in property, subject to U.S. jurisdiction, owned or controlled by significant foreign narcotics traffickers as identified by the President. In addition, the Kingpin Act blocks the property and interests in property, subject to U.S. jurisdiction, of foreign persons designated by the Secretary of the Treasury, in consultation with the Attorney General, the Director of Central Intelligence, the Director of the Federal Bureau of Investigation, the Administrator of the Drug Enforcement Administration, the Secretary of Defense, the Secretary of State, and the Secretary of Homeland Security who are found to be: (1) Materially assisting in, or providing financial or technological support for or to, or providing goods or services in support of, the international narcotics trafficking activities of a person designated pursuant to the Kingpin Act; (2) owned, controlled, or directed by, or acting for or on behalf of, a person designated pursuant to the Kingpin Act; or (3) playing a significant role in international narcotics trafficking.

On July 31, 2008, OFAC designated six additional entities and thirteen additional individuals whose property and interests in property are blocked pursuant to section 805(b) of the Foreign Narcotics Kingpin Designation Act. The list of additional designees is as follows:

...

Individuals:

...

1. **CONDE RUBIO, Nancy** (a.k.a. **"Doris Adriana"**; a.k.a. "Alexandra Rubio Silva"; a.k.a. "Maritza"; a.k.a. "Luz Dary"); Colombia; DOB 02 Sep 1972; Alt. DOB 19 Nov 1973; POB Bogotá, Colombia; Citizen Colombia; Nationality Colombia; Cedula No. 20645502 (Colombia); (INDIVIDUAL) [SDNTK].

...

7. **FARFAN SUAREZ, Alexander** (a.k.a. **"Enrique Gafas"**); Colombia; DOB 12 Feb 1973; POB San Jose del Guaviare, Guaviare, Colombia; Citizen Colombia; Nationality Colombia; Cedula No. 86007030 (Colombia); (INDIVIDUAL) [SDNTK].

Dated: July 31, 2008.

Adam J. Szubin,

Director, Office of Foreign Assets Control.

[FR Doc. E8-17978 Filed 8-5-08; 8:45 am]

BILLING CODE 4811-45-P

Y según la base de datos de la Registraduría Nacional del Estado Civil de Colombia, Nancy Conde Rubio inscribió su cédula de ciudadanía el 11 de mayo de 1996 en el municipio de Guasca, Cundinamarca. Curiosamente, en la Procuraduría General de la Nación, Nancy Conde no tiene antecedentes y ello se comprueba así:

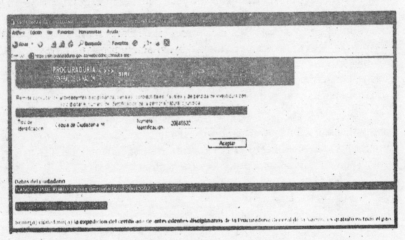

Se estima que "César", Nancy Conde y "Gafas" podrían ser extraditados a los Estados Unidos, y una vez allí obtendrían, al menos, su libertad a cambio de la información sobre las redes y rutas del narcotráfico, tal como lo han hecho reconocidos narcotraficantes.

14

La historia del Comandante "César"

Gerardo Aguilar, el Comandante "César" era el carcelero de las Farc, y llegó a tener un papel más importante que el de "Martín Sombra" como uno de los cancerberos de los secuestrados entre los que siempre figuraban los tres norteamericanos e Ingrid Betancourt. "César" también manejaba la red logística de las Farc en el oriente de Colombia, de dicha red también formaba parte su esposa Nancy Conde Rubio, alias "Doris Adriana".

Todo este poder lo acumuló en más de 22 años como guerrillero, e incluso formó parte del anillo de seguridad del fallecido Manuel Marulanda Vélez, "Tirofijo", cuando era el máximo jefe de las Farc. Luego asume la comandancia del Frente I de las Farc que lo conformaban 400 hombres y mujeres, y ordena varias acciones guerrilleras contra las fuerzas de seguridad estatales, entre ellas la toma guerrillera a las poblaciones de Miraflores y Mitú, tomó secuestrados a policías y militares y los trasladó en lanchas por el río Vaupés hacia el lado de Barranquillitas.

En esta toma murieron nueve personas. A sus 49 años de edad era una de las personas de mayor confianza del "Mono Jojoy", uno de los más sanguinarios y crueles Jefes de las

Farc y perteneciente al ala militar más extremista. Luego de la muerte en combate de Tomás Medina Caracas, "El Negro Acacio", en septiembre de 2007, el novio de "Doris Adriana" el Comandante "César", se convirtió en el Comandante que más dinero entregaba al Secretariado de las Farc.

Este dinero provenía del narcotráfico que "César" recaudaba y por el cobro del impuesto a los productores de coca en Calamar y San José de Guaviare. En el año 2003, Gerardo Aguilar vendió, en tan sólo ocho meses, más de 30 toneladas de hoja de coca.

Periódico *El Mundo* de Madrid: ¿"César" el infiltrado?

Al parecer, la captura de Nancy Conde Rubio, alias "Doris Adriana", el eje de la vida sentimental y operacional del Comandante "César", fue un demoledor golpe que recibió "César".

Difícil explicación tendría que haber dado "Cesar" al "Mono Jojoy" y al Secretariado de las Farc por la captura de su propia esposa que era la Jefe de Comunicaciones del Frente I y quien manejaba las finanzas para la adquisición de armas, pertrechos y suministros de los 400 hombres de este Frente guerrillero.

A este complicado error dentro de una organización tan implacable con este tipo de situaciones, se sumaba otro error: la entrega de Emmanuel, el hijo de la liberada Clara Rojas, a una familia de campesinos y la infructuosa recuperación del niño, que causó un desaire a las gestiones humanitarias del Presidente de Venezuela Hugo Chávez Frías, pues el niño había terminado, sin conocerlo el Comandante "César", en manos del Instituto Colombiano de

Bienestar Familiar, en lugar de volver al lado de su madre cuando iba a ser liberada por las Farc el 31 de diciembre de 2007. Error garrafal del Comandante "César".

Sin duda el propio Comandante "César" al conocer la captura de "Doris Adriana" y su inminente extradición –con una sentencia no inferior a 60 años al igual que "Simón Trinidad"– quedó afectado desde todo punto de vista, y el futuro de sus dos pequeños hijos con Nancy Conde Rubio no estaba claro e inclusive el suyo propio como Comandante del Frente.

El periódico *El Mundo* de Madrid, España, publicó:

"SALUD HERNÁNDEZ-MORA. Especial para EL MUNDO - 6 de julio de 2008

César tiene ganas de abandonar las FARC. Está cansado, aburrido de esa vida y querría desmovilizarse para vivir tranquilo junto a su compañera de muchos años. Y no necesita dinero, no quiere recompensas por entregar a los secuestrados que tiene asignados.

El guerrillero César sólo quiere garantías para irse lejos y no pasar por ninguna cárcel.

La mujer de uno de los rehenes que recibió esa información a primeros de enero pasado más o menos con esas palabras, que EL MUNDO conoció ayer, no le concedió demasiada credibilidad. Tampoco mostró especial interés porque sabía que su marido estaba bajo el mando de otro cabecilla de la guerrilla. De todas formas, orientó a las personas que dijeron ser parientes lejanos del jefe del Frente Primero de las FARC para que planteará su propuesta. (negrilla nuestra).

Semanas después, el presidente Álvaro Uribe dijo que sabían que un comandante subversivo estaba planteándose la posibilidad de desertar con los rehenes a su cargo. Entonces nadie comprendió las razones para revelar un dato crucial que, de ser cierto, podría poner en riesgo al guerrillero que daría un paso soñado por todos los secuestrados colombianos.

La posibilidad de que César, alias de Gerardo Antonio Aguilar, sea el infiltrado, la persona que los servicios de Inteligencia del Ejército captaron para que les entregara a las joyas del botín de rehenes políticos de la banda terrorista, es una de las que cobran más fuerza. De 49 años de edad, cuenta con la absoluta confianza de Jorge Briceño, alias El Mono Jojoy, jefe militar de las Farc y del Bloque Oriental, al que pertenece el Frente Primero. A su mujer la detuvieron en febrero pasado junto a 43 personas más, integrantes de una red de apoyo de dicho Frente. Tanto Doris Adriana, madre de dos niños pequeños, como César, llevan dos décadas en la guerrilla y podrían estar hastiados de esa vida, como le ocurrió a mandos de la importancia de Karina".

La historia terminaría con César extraditado a EEUU y cambiando de personalidad, como han hecho otros presos colombianos, a cambio de los servicios prestados. Su mujer, que Washington también pidió extraditar, podría lograr el mismo trato negociando su libertad a cambio de información sobre el narcotráfico que ella ha manejado en los últimos tiempos».

* * *

Sin comentarios. El artículo del periódico continúa y sólo hemnos tomado lo referente a «Doris Adriana» y «César».

15

Pagar por facilitar liberación de secuestrados...

La propia justicia americana tiene entre sus pilares de éxito contra el delito, el uso de informantes pagados para resolver crímenes. Sus últimos 50 colaboradores han recibido 77 millones de dólares como lo pregona su Ministerio de Justicia. Ofrecer y dar recompensas a delatores, a narcotraficantes para que delaten a sus socios y a los políticos o militares corruptos, a guerrilleros para que deserten, o por traer el brazo de un Comandante fusilado mientras dormía, ha sido siempre recompensado con dinero o con rebajas de penas. Loable colaboración judicial.

Para el Ministerio de Justicia de Estados Unidos el otro caso el del Comandante Martín Sombra y el pago de Recompensas a quien contribuyera a la liberación de los tres rehenes, quedó expresado en el siguiente y textual documento emanado por ese Ministerio Americano.

Ministerio de Justicia de los EE. UU.

"El gobierno de los Estados Unidos, a través del Programa Recompensas por Justicia del Departamento de Estado, está ofreciendo una recompensa de hasta cinco millones de dólares por información que lleve a la

aprehensión o condena de cualquier comandante de las Farc que haya participado en la toma de los rehenes Keith Stansell, Thomas Howes y Marc Gonçalves, y el asesinato de Thomas Manis...". (Negrilla nuestra).

"El Programa Recompensas por Justicia del Departamento de Estado ha sido empleado en todo el mundo para combatir el terrorismo. Desde la creación del programa en 1984, los Estados Unidos han pagado más de 77 millones de dólares a más de 50 personas que proporcionaron información verosímil que llevó a la aprehensión de individuos o permitió la prevención de actos de terrorismo internacional".

"(Martín) Sombra era uno de los 43 hombres que originalmente fundó las Farc en 1964, y se alega que sirvió en el Estado Mayor Central del grupo terrorista en una época en que la cantidad de miembros de la organización creció a más de 16.000 guerrilleros armados. Sombra fue arrestado por la Policía Nacional Colombiana en las afueras de la Bogotá, capital de Colombia, el 28 de febrero de 2008. Sombra es el miembro más antiguo de las Farc capturado durante el conflicto de 44 años en Colombia".

"Martín Sombra"

El Ministerio de Justicia de los EE. UU. se refiere a Hely Mejía Mendoza, conocido con el alias de "Martín Sombra", como integrante del Estado Mayor de las Farc y uno de los hombres de confianza de alias el 'Mono Jojoy'.

"Martín Sombra", formaba parte de esa guerrilla desde hace 35 años desde la época de las guerrillas liberales de "Tirofijo" con quien mantenía una estrecha amistad, y se convirtió en un cabecilla histórico de las Farc.

Al ser capturado, al parecer cuando desertaba hacia Venezuela, se convirtió en un colaborador del Ejército de Colombia y de los EE. UU. contribuyendo con información y contactos a la preparación de la Operación Jaque. Según los testimonios de guerrilleros desmovilizados y ex secuestrados, "Sombra" usaba cadenas y alambres para amarrar el cuello y las muñecas de los rehenes norteamericanos y así impedir la huida de éstos, y una vez los obligó a caminar 40 días por la jungla para evadir a los militares.

Mejía fue el responsable de "degradar y castigar" al padre de Emmanuel, el niño concebido durante el cautiverio con la secuestrada Clara Rojas, la asistente secuestrada junto con la ex candidata presidencial Ingrid Betancourt en 2002. Según reportes de la prensa colombiana, Mejía le enseñó español a los estadounidenses.

Uno de los secuestrados entabló "amistad" con el Comandante "Martín Sombra" y en esos diálogos le insinuaba la opción de regresar a la vida democrática, dado que las Farc nunca ganaría la guerra y que el final de todo guerrillero sería morir por una enfermedad en pocos años debido esa vida llena de privaciones en mitad de la selva o muerto en un operativo militar como tantos caídos o simplemente capturado y condenado de por vida o extraditado.

Helí Mejía Mendoza, alias "Martín **Sombra**", por su propia cuenta, habría asimilado la lección dada por los propios secuestrados y en agosto de 2007 desertó. Posteriormente emprendió camino hacia la frontera con Venezuela, pero fue detenido. En la última página de su indagatoria judicial en Bucaramanga constatamos, para este libro, que confiesa que temía por su vida.

Cuando lo interroga el Fiscal sobre la causa de este temor, estando ya detenido, manifiesta que él conoce que la guerrilla de las Farc lo ha definido como objetivo militar al parecer por haberse fugado. Estados Unidos procedió de inmediato a efectuarle cargos por medio de un gran jurado Federal en Washington. Eso lo motivó a «colaborar»: se trataba nada menos que de uno de los fundadores de las Farc. Lo cual indica la deserción progresiva de los miembros de las Farc.

16

Otro pago en Colombia: un millón de dólares al M - 19

El pago en Colombia a grupos guerrilleros, para negociar secuestros no es algo nuevo. Se hizo en el Gobierno del Presidente Julio César Turbay Ayala. Y el método siempre ha sido el mismo.

El Gobierno colombiano no hace ningún desembolso a un guerrillero, pero una mano amiga del exterior lo hace.

El Gobierno y los militares del Gobierno del Presidente Turbay Ayala cuando se enteraron, antes de la liberación, del pago al M-19 "se hizo el de la vista gorda", y sólo con el pasar de los años la verdad completa apareció.

Y así todos ganaron:

- Ganó el Gobierno Colombiano y su Ministro de Defensa que consiguen una liberación "humanitaria", no sangrienta.

- Ganaron los extranjeros y colombianos liberados y sus familias.

- Ganó dinero el Comandante Guerrillero y el M-19 que cobraron por secuestrar.

Se acostumbra filtrar a los medios algunas desinformaciones y al final todo se olvida. Es la teoría de "el buen fin justifica...". Si el fin que se busca es loable, por ejemplo el amor, el medio utilizado se justifica, por ejemplo la infidelidad, y así se llega a justificar hasta el soborno, enseñó el pérfido Maquiavelo. Y más si es con una mano amiga extranjera, invisible: "Con la mano de la Divina Providencia".

Hay un ejemplo de pago a una guerrilla con pleno conocimiento del propio Presidente y de los militares: el angustioso secuestro en Bogotá en la sede de República Dominicana, el 27 de febrero de 1980 en el cual el Comandante Uno, Rosemberg Pabón, y el M - 19 recibió dinero. El propio Presidente de la República Julio César Turbay Ayala permitió que los guerrilleros recibieran un millón de dólares y se les puso a su disposición un avión para irse a gastar su millón de dólares a Cuba. Ron cubano, son cubano, tabaco cubano y sexo cubano, pagados con la porquería de dinero recibido por un secuestro "revolucionario".

En su momento el periodista español Pepe Fajardo de la Revista *Cambio 16* y corresponsal para América Latina de la Revista *Time*, informó que había existido un cuantioso pago de US$5 millones al grupo guerrillero M-19, pero le cayeron a silenciarlo y desprestigiarlo sirios y troyanos de izquierda y de derecha, y el propio Ministro de Defensa Luis Carlos Camacho Leyva salió a los medios a desmentir ese pago.

Y era parcialmente cierto lo que decía el General: el Gobierno colombiano no había puesto un sólo dólar de ese millón o de los cinco millones de dólares cobrados por el M-19.

Durante años 21 años el Presidente Turbay Ayala guardó un "democrático" silencio, en nombre de la "preservación de las instituciones", sobre la liberación lograda gracias al pago de dinero al Comando del M-19, como lo confesó el propio Presidente Turbay Ayala con detalles en su libro de diciembre de 2001, años antes de morir, titulado *De la base a la cumbre*.

Para pasar por alto este "negocio revolucionario" del M-19 con el Gobierno, siempre aparecían en los medios los desmentidos y las desinformaciones sobre las afirmaciones presentadas por un periodista español.

Tuvieron que pasar 21 años y 7 meses para que lo afirmado por el corresponsal de la revista *Cambio 16* apareciese comprobado y con detalle: explicado por el propio testigo: el Presidente de la República. Pero el periodista español Pepe Fajardo, casado con una bella periodista del periódico *El Tiempo*, no vivió para saberlo: fue arrollado años después, por un carro fantasma en Río de Janeiro que lo esperó ocultándose en la esquina de su apartamento durante la noche y cuando lo divisó saliendo a pie a la calle, arrancó en contravía y le pasó por encima.

En su libro póstumo, dos Ex Presidentes de Colombia, Julio César Turbay Ayala y Carlos Lemos Simmonds, narraron con franqueza digna de reconocimiento, los detalles de la forma cómo el dinero fue entregado al Comandante del M-19 para que "liberara" al Embajador de Estados Unidos, México, Venezuela, Egipto y a decenas más.

El propio Presidente Julio César Turbay Ayala relata:

JCTA. ...cuando el embajador de Venezuela le dijo al M-19 que los 750.000 dólares recaudados por el señor Sassón, según lo que ellos habían acordado con los familiares de los Embajadores, no les serviría ni para pagar siquiera 10 días de hotel en Viena. Afortunadamente don Víctor Sassón logró a última hora hacer una contribución extraordinaria entre los amigos de los embajadores y obtuvo 100.000 dólares más que aumentaron la contribución familiar a casi un millón de dólares. ... Le manifesté que el Gobierno no participaba de ninguna manera en la recaudación de fondos con destino a los terroristas y que oficialmente, en cuanto al Ejecutivo se refería, nos negábamos a contribuir con un solo centavo oficial. Le agregué que las negociaciones que a título personal realizaran los embajadores cautivos o sus familias, no las obstruiríamos, por consideraciones humanitarias con los rehenes, pero que seguiríamos ajenos a los desarrollos de dicha gestión.

... Finalmente el señor Sassón alcanzó con el recaudo de última noche a conseguir cerca de un millón de dólares que le fue entregado al Comandante Uno y que dejó muy contentos a los miembros del comando terrorista".

Habrá que esperar otros 21 años para que los cerebros militares que estructuraron la Operación Jaque cuenten a nuestros nietos la verdad. Las completas verdades en las guerras tardan siglos en aparecer. Como decía el historiador británico Arnold J. Toynbee en su estudio de 12 volúmenes *Estudio de la Historia*, la humanidad sólo conoce la verdad auténtica: de los Romanos hacia atrás... O esperar las memorias del Presidente Sarkozy, de un General americano o de uno de los Comandantes colombianos del Operativo, en fin son tantas las personas que participaron en la Operación Jaque que la verdad terminará siempre por aparecer.

Lo único sujeto a discusión, es presentar las liberaciones y la "exitosa Operación Jaque" como hecha sólo con la ayuda del Espíritu Santo y encomendándose devotamente al Divino Niño del Barrio 20 de Julio de Bogotá.

PARTE
IV

EL EFICAZ PROTAGONISMO
COLOMBIANO EN LA
OPERACION JAQUE

17

Infiltrando a la guerrilla

El valiente Operativo Jaque de todas maneras se efectuó con altísimo riesgo por parte de los arriesgados militares colombianos que lo ejecutaron, pues de los 400 guerrilleros que conformaban el Frente I de las Farc y de los cuales 60 estaban cercanos al helicóptero, sólo poquísimos de esos guerrilleros, contados con los dedos de una sola mano, estaban infiltrados.

Cualquier detalle, filtración de información, anomalía, desconfianza, haría estallar en mil pedazos la Operación Jaque con impensables consecuencias. Además, existe una feroz desconfianza entre unos guerrilleros y otros por descubrir traidores, infiltrados o desertores, y podría descubrirse el engaño en que estaba cimentada la Operación o detectarse traición por colaboración de su Comandante "César" o desconfianza del guerrillero que hacia parte del Comando que llegó en el Helicóptero.

Y el Operativo podía haber terminado en un combate sangriento con nuestros soldados desarmados y con peligro inminente de la vida de los secuestrados de ser fusilados por los guerrilleros fieles al Secretariado de las Farc, como sucedió con los Diputados del Valle del Cauca, el Gobernador de Antioquia Guillermo Gaviria, y el Ex Ministro de Defensa Gilberto Echeverri.

El tejido investigativo efectuado previamente también se apoyó en un documento televisivo: En la Misión Humanitaria liderada por el Presidente Hugo Chávez en el rescate anterior realizado con Helicópteros de la Armada de Venezuela, los enviados del Presidente Chávez habían realizado un video que fue trasmitido decenas de veces por TeleSur y Ecuavisa y retransmitido por múltiples canales del continente. En ese video se filmó la llegada del helicóptero, las escenas de la liberación de los secuestrados, los diálogos, abrazos y despedidas.

Para el común de los mortales esos videos sólo son impactantes por la tensión del momento de la liberación. Pero no vemos más. Los expertos internacionales americanos e israelitas los analizan con ojos distintos a los nuestros. Ven lo que no nadie ve.

En el video figuraba el Ministro de Venezuela Rodríguez Chacín, la mediadora y Senadora Piedad Córdoba, miembros de la Cruz Roja en su labor humanitaria, periodistas de Telesur, los secuestrados en el momento afortunado de su liberación y algunos guerrilleros despidiéndose.

El video original al que tuvieron acceso los investigadores americanos, israelitas y colombianos era aún más extenso pues Rodríguez Chacín permaneció media hora con el grupo guerrillero y alrededor de otra hora y media en tierra, según se había pactado, para que el Frente I de las Farc se diera a la fuga y no pudiese ser perseguido por el Ejército colombiano que ya tenía las coordenadas donde el Helicóptero aterrizó. Al reconocer en el video los rostros y voces de los Comandantes, Guerrilleros y sus mujeres, incluida

«Doris Adriana» que estaban al frente de la custodia de los secuestrados se inició la investigación de sus familiares, hasta encontrar caso por caso la forma de llegarle a ellos o neutralizarlos infiltrando a familiares de su confianza. Así se reforzó una de las iniciativas clave como era la sigilosa labor de infiltración a ese Frente Guerrillero. Esta labor de penetración del Frente I de las Farc fue coordinada conjuntamente con expertos norteamericanos. Un guerrillero a bordo

Los proveedores de las Farc

La estrategia de contactar guerrilleros se fabricó como una acertada labor de alta ingeniería, empezando inteligentemente por detectar a los proveedores de alimentos y menaje para la Guerrilla, infiltrarlos en algunos casos o convencerlos de colaborar en otros, lo cual se logró con éxito en Villavicencio, en San José del Guaviare, en Tomachipán y en varios municipios en donde se abastece el Frente Guerrillero. Como estos proveedores tenían autorización de subir a los montes e ingresar a los campamentos para la entrega del abasto por intermedio de ellos si "colaboraban voluntariamente" o con militares infiltrados que los acompañaban como empleados o ayudantes para cargar, se filmó o grabó a otros guerrilleros y campamentos con microcámaras y micrófonos colocadas en la ropa, lo cual fue una información propicia para la Operación Jaque.

Adicionalmente se elaboraron nuevos mapas de las zonas que habían sido descritas por el militar Pinchao cuando se fugó arriesgadamente del secuestro, y quien reveló con mínimos detalles de la zona del río Apaporis, campamentos por donde usualmente desplazaban a los secuestrados y, por tanto, donde transitaba ese Frente. Estas informaciones fueron constatadas con las precisas coordenadas trasmitidas por los helicópteros venezolanos cuando liberaron en dos ocasiones a los anteriores secuestrados. Y se concentró la tecnología de plantar micrófonos, cámaras diminutas, aviones, satélites de rastreo en esa area.

El río Apaporis

La acción prosperó en tierra abonada. Los proveedores de las Farc al ser descubiertos e identificados por el Ejército colombiano se plegaron a colaborar y a contactar al Frente Guerrillero, labor a la que contribuyó, al parecer la atractiva esposa del Comandante "César".

Un periodista extranjero se lamentaba que en Colombia estos acuerdos secretos de contactos tardan siglos en descubrirse, por dos razones, la primera porque nadie deja pruebas, recibos de dinero, documentos y al no tener la prueba reina, los operativos como se cuentan que ocurrieron se vuelven ciertos y legales; y la segunda que cualquier fuente no oficial de información queda desvirtuada ante la fuerza mediática colombiana dado que los medios de comunicación no tienen profesionales de periodismo de guerra como sí lo tienen las cadenas americanas y europeas que a veces penetran a los enemigos más que las mismas fuerzas de espionaje de sus países. Al no tener fuentes directas de la realidad de la guerra, terminan los medios colombianos sólo con micrófono en mano retransmitiendo las fuentes oficiales y cooptan como cierto todo comunicado oficial. Tragando entero.

La verdad no viene de los propios escenarios reales de la guerra. Ni de los protagonistas directos del Comando que la ejecutó, sino de escritorios oficiales que en algunos casos informan y en otros desinforman.

Lunares de la Operación Jaque

A la majestuosa operación de rescate de Ingrid Betancourt y otros 14 rehenes comenzaron a aparecerle lunares con las abiertas informaciones de dinero desde Europa, por el uso no autorizado del emblema del Comité de la Cruz Roja Internacional para engañar a la guerrilla y el uso del logotipo del canal de televisión Telesur y el de Ecuavisa copiando textualmente este Operativo Jaque con el método y elementos usados, pero con autorización por la Venezuela del Ministro Rodríguez Chacín y del Presidente Hugo Chávez en las liberaciones humanitarias anteriores.

La Operación Jaque desde el punto militar y de protección de los Derechos Humanos fue impecable y admirable, pues además del estupendo rescate de secuestrados, también se respetó la integridad y vida de los guerrilleros inclusive después de haberse elevado el helicóptero con los secuestrados pues pudo el segundo helicóptero del Plan B arrasar a los 60 guerrilleros que quedaron en tierra. Se privilegió la integridad de los rehenes y de sus captores en una operación que merece el total aplauso de la comunidad nacional e internacional.

Incluso cuando es presentando a los medios, el guerrillero y Comandante "César" su rostro aparece amoratado, los medios expresaron que estos hematomas se produjeron en el momento cuando es desarmado dentro del helicóptero por los militares del Comando de Rescate. Pero el hecho, al parecer, fue diferente. El golpe lo recibió de la mano enfurecida de Keith Stansell uno de los tres americanos liberados, que en forma primaria pero entendible, le cobraba los horrores de su largo cautiverio como lo filtró uno de los militares del comando liberador.

Adicionalmente, el operativo militar en ningún momento es desvirtuable por el hecho que a espaldas de los soldados que lo ejecutaron, una mano amiga americana hubiese colaborado sigilosamente infiltrando y pagando guerrilleros. El riesgo de muerte de los soldados y los rehenes no se descartaba si por algún azar Alfonso Cano o "Jojoy" se hubiese comunicado con ese Frente horas antes del Operativo, detectando la traición.

El comprar aliados dentro de la guerrilla, infiltrarlos, pagar recompensas es parte de una lógica y sana estrategia militar y una muestra de audacia y compromiso por salvar secuestrados y esto no es condenable.

Dos guerrilleros más iban a ir a bordo del helicóptero del rescate, pero Estados Unidos sólo acepto que fuera uno, el cual formó parte de los 12 del comando colombiano de la Operación Jaque que aterrizaron y liberaron a los secuestrados.

Estos guerrilleros "contactados e infiltrados" entre bambalinas, habían abierto el camino como facilitadores para hacer mas viable la brillante Operación Jaque diseñada por el ejército colombiano y estructurada en la etapa final conjuntamente con los expertos militares americanos. Y estos informes de prensa americana y europea han comprobado que una "mano amiga internacional", concretamente Estados Unidos, *soto vocce*, fue clave para que el arriesgado y valeroso Operativo Jaque no tuviera ningún tropiezo: previamente "contactados e infiltrados" varios guerrilleros, coadyuvaron en velar por no interferir la entrega del botín mas preciado que tenía el Secretariado de las Farc: los tres norteamericanos e Ingrid Betancourt.

Pero esta versión europea quedó corroborada cuando *The New York Times* investigó la Operación Jaque, y un Oficial del Ejército de Estados Unidos le confirmo al diario neoyorquino la participación a fondo de Estados Unidos en el operativo y afirmó algo que ningún medio sabía: dentro del Helicóptero iba un Guerrillero de las Farc y a otro guerrillero "contactado e infiltrado" los propios militares americanos no le dejaron formar parte del operativo.

US$20 millones

Sólo pocos días después de culminada la Operación Jaque, la estatal *Radio Suisse Romande* (RSR) revela que los Estados Unidos habían aportado secretamente 20 millones de dólares –unos 13 millones de euros– para "facilitar" las estrategias que Colombia estaba planificando con su Operación Jaque de liberación de sus tres compatriotas, de la Franco-colombiana Ingrid Betancourt, y de 11 valientes militares sobrevivientes 10 años como rehenes.

Ante supuestos pagos a guerrilleros, primero el Ministro de Defensa Juan Manuel Santos Calderón y luego el Vicepresidente de Colombia, Francisco Santos Calderón, desmintió que se hubiera pagado un rescate a las Farc para obtener la liberación de los tres americanos, de Ingrid Betancourt y otros 14 rehenes. Francisco Santos Calderón afirmó que fue una operación limpia y exitosa, al tiempo que atribuyó la versión sobre el presunto pago de un rescate de 20 millones de dólares a "contrainformación" de las Farc; además, indica que "en Suiza viven algunos prominentes líderes de las Farc exiliados y algunos de sus principales simpatizantes por lo cual es en ese país donde suelen difundirse contra informaciones de ese sector".

También enfatizó que "el Presidente Uribe fue claro, no se ha pagado ni se va a pagar ninguna recompensa". A su vez el Ministerio de Relaciones Exteriores de Francia aclaró que su gobierno ni pagó ni participó en la "Operación Jaque".

Y las dos versiones, la Internacional y la del Gobierno de Colombia, aunque aparentemente contradictorias, de facto son complementariamente ciertas.

Las dos versiones

La primera, que los costos de la operación Jaque fueron aportados con dinero de los Estados Unidos como lo indica el *New York Times* y la *Radio Suisse Romande*, y que si hubo pago al guerrillero de contacto que iba en el helicóptero, o a la esposa de "César" o sólo acuerdos judiciales para el Comandante "César", o al otro guerrillero que Estados Unidos impidió ir también en el helicóptero o a otros más, ese dinero fue proveniente exclusivamente del gobierno americano.

Y la segunda, que la Operación Jaque fue de autoría y ejecución colombiana codirigida por Estados Unidos (estaba en riesgo la vida de los tres norteamericanos), pero que ningún dinero lo aporto, ni lo entregó el Ejército ni el Gobierno de Colombia, y por tanto ambos pueden afirmar y con razón, que la Operación Jaque se hizo sin dinero colombiano a cambio.

Verdades distintas y complementarias, pero cada una con parte de la verdad.

De acuerdo con la *Radio Suisse Romande* –RSR–, una fuente "fiable y puesta a prueba en reiteradas ocasiones en los últimos 20 años" dio los detalles de la operación al periodista Frédéric Blassel, quien se interesa por temas de investigación en delitos financieros, fraude de cuello blanco, corrupción.

Por diversas fuentes cruzadas para este libro, se ha establecido que uno de los informantes de Frederic Blassel podría haber sido el negociador francés Jean L. Gontard.

Se ha informado desde el exterior que entre quienes sirvieron de intermediarios extranjeros acordaron que también la compañera o novia del guerrillero Gerardo Aguilar, o Comandante "César", Nancy Conde Rubio, alias "Doris Adriana", habría sido contactada y "motivada" en la cárcel para ser también intermediaria ante su compañero.

Ella fue arrestada anteriormente por las fuerzas militares colombianas, y al ser contactada se habría prestado a colaborar.

El procedimiento de los expertos de contrainteligencia israelita y americana, que han contribuido a la infiltración y penetración de Comandantes de las Farc se ha afianzado con la misma estrategia. Buscar a los familiares, o compañeras de los actuales Comandantes, dado que sus familiares o compañeras están en sus casas y en plena vida legal y a través de estos familiares, o novias, que son de la total confianza de un Comandante, hacerles las propuestas de ofertas de dinero y de inmunidad si cooperan ya sea desertando o propiciando liberación de secuestrados o la captura de altos Jefes de las Farc.

Como "Karina"

Fue el mismo conducto que se utilizó para sonsacarle a la guerrilla a una de sus Comandantes más feroces e inhumanas: Karina. Para poder contactarla y hacerle ofrecimientos ubicaron a la hija de Karina y fue ella quien le transmitió la propuesta y negociación de su entrega al Ejército. Y la déspota guerrillera Karina con la confianza absoluta que le despertaba el ofrecimiento del Ejército a través de su adorada hja, aceptó desertar a cambio de protección y beneficios de ley.

De ser cierto, esta información de la Radio Estatal Suiza al ser contactado, vinculado al pago, o solamente engañado por su propia y atractiva compañera el Comandante "César" no le quedaría ninguna duda que no se trataría de una trampa y si llegó a aceptar el trato de un dinero internacional lograría un múltiple propósito: evitar que su esposa fuera extraditada para ser condenada en los Estados Unidos a 60 años como a Simón Trinidad, hacerse a una no despreciable suma de dinero para disfrutarla con ella en el extranjero, tras pocos años y libre de ser alcanzado por los vengativos comandos de las Farc ante tamaña traición.

18

El plan B del Ejército colombiano

Mientras la tripulación del Helicóptero aterrizaba en el sitio concertado con el comandante "César", todo el Comando de Rescate sabía que tenía un enorme respaldo por si algo fallaba en la Operación Jaque. Se trataba del Plan B, siempre con el lema de la Patria por encima de todo.

Esa madrugada del 2 de julio de 2008, después de una noche de plegarias, pensamientos dirigidos a sus familias, a los secuestrados, a sus superiores, a su Colombia, los integrantes del Comando de Rescate, que son valerosos miembros del Ejército Nacional de Colombia, algunos pertenecientes a la rama de inteligencia militar, como el médico y la enfermera, madrugaron con la convicción que serían protagonistas de un hecho sin precedente en el país. El Comando había recibido entrenamiento durante tres semanas en los papeles que debían representar con profesionales de teatro.

El Comando de Rescate podría morir en el intento o podía ser capturado y convertido en secuestrados. Voluntariamente y en vista que el propósito que se pretendía era la libertad de 15 seres humanos, aceptaron la misión sin reparo alguno, como corresponde a militares: hombres y mujeres de honor.

Al inicio no se contempló la participación de mujeres en el Comando, pero dado que en las liberaciones anteriores del Presidente Chávez se notaba a todas luces la presencia de mujeres, obligó a la Inteligencia militar a incluirlas. Además, el alto mando determinó que la mayoría de los hombres tenían que ser de inteligencia militar y que no irían armas dentro del helicóptero, porque la guerrilla podría revisarlo y se iría a pique. Tan sólo se iban armados con la fe en Dios, sus contactos y su valentía.

Uno de los asesores de la Operación Jaque, narró con discreción que no valía el arma que se llevara, sino la empatía que se tuviera para convencer a los 60 guerrilleros y que se trataba de una misión humànitaria.

Pero no bastaba sólo con la sólida convicción de formar parte de esta Operación, se debía implementar y asegurar un complemento a esta Operación. Así, si la primera fase del operativo no salía como estaba prevista se pasaría a la segunda, es decir al Plan B, que consistía en rodear en un anillo de seguridad compuesto por 400 hombres colombianos y americanos que estaban ubicados en 27 helicópteros y lo suficientemente distantes para que no generara una proximidad tal que ni los secuestrados, ni en los terroristas hubiera pánico y ejecutaran algún tipo de actividad adversa contra los secuestrados o los asesinaran a quemarropa como hicieron vilmente con el Gobernador de Antioquia Guillermo Gaviria y el Ex Ministro Gilberto Echeverri, ni lo suficientemente lejos como para que estos pudieran escapar.

Se trataba de proteger la vida de los integrantes del Comando de Rescate, de los secuestrados durante los 7 minutos que se tenían planeados duraría el abordaje del helicóptero, pero que a la postre se convirtieron en 22 minutos y 13 segundos, los más desesperantes, angustiosos y tensionantes que vivieron las Fuerzas Militares y un selecto grupo del Alto Gobierno de Colombia y los Diplomáticos en la Embajada Americana que seguían segundo a segundo la operación.

Las fases de la operación jaque

Fase I: ubicación del grupo de secuestrados a través de una operación de inteligencia y de infiltración del secretariado de las Farc, acompañada de una operación militar conjunta de reconocimiento y localización del lugar, con colaboración de militares entrenados por la Base Aérea de Manta, Ecuador, a cargo de los Estados Unidos.

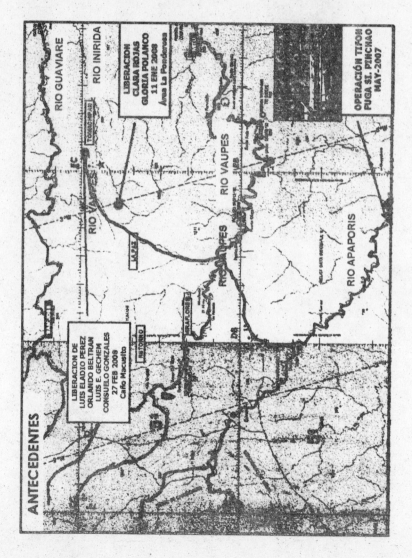

Fase II: engañar con comunicaciones falsas al frente de las Farc encargado de la vida y prisión de los secuestrados para convencerlos de agrupar en un punto de reunión los tres grupos de rehenes en una zona ubicada a 72 km de la capital del Guaviare y a 58 km de Tomachipán, específicamente en el río Inírida.

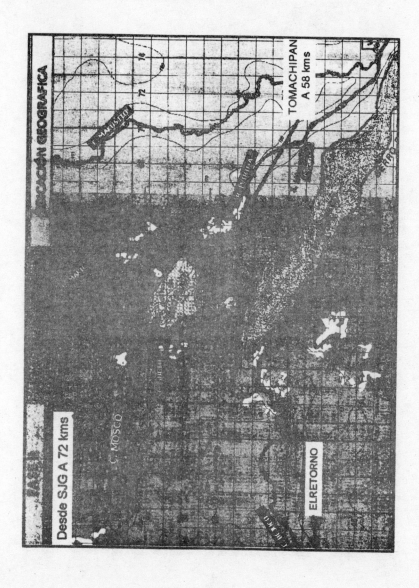

Fase III: era una fase en caso de contingencia, en caso de escape de los guerrilleros con los rehenes, grupos de tropas especiales se encontraban en la zona alrededor del río Inírida, listas a cortar cualquier vía de escape de éstos y entrar en negociaciones para la rendición, negociación y liberación de los secuestrados.

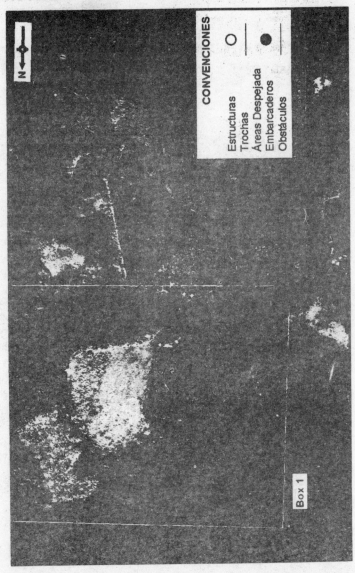

Plan de acción

El jefe de la operación era un oficial rubio, alto, con apariencia de intelectual extranjero, de hablar pausado y refinado. Había otro también rubio, que hablaba en inglés y que se hacía pasar por australiano, uno más con rasgos árabes, y otro con acento caribeño que cualquiera podía confundir con un cubano.

Un médico y una enfermera jugaron sus propios roles, así como un ex guerrillero que lucía una camiseta con la imagen del "Che" Guevara y otro como miembro de la Cruz Roja Internacional. Completaban el Comando de Rescate los que se hacían pasar por periodista y camarógrafo de Telesur y Ecuavisa. En la cabina, el piloto y el copiloto tenían la difícil misión de mantener informados con claves secretas a los altos mandos militares colombianos y americanos sobre el curso de la Operación Jaque, con un lenguaje cifrado que permitiría que tanto en San José del Guaviare, como en Bogotá la siguieran paso a paso.

Después de unos 17 tensos minutos de vuelo, el helicóptero encontró el claro donde debía aterrizar y una vez divisados los guerrilleros, descendió. Comenzó la acción. En manos de Dios…

El otro helicóptero

La base de la operación colombiana era la infiltración en las filas guerrilleras de dos militares que reunieron información suficiente que les confirmó la incomunicación existente entre los mandos de las Farc por temor a bombardeos. Los militares supieron jugar esa baza y planearon una osada y peligrosa operación.

Hicieron creer, según la versión del Ejército y del Ministro de Defensa, Juan Manuel Santos Calderón, al Comandante guerrillero de ese Frente, alias "César", que recibía órdenes de sus camaradas superiores, y le instaron a reunir a los rehenes que se encontraban en tres campamentos distintos en una sola localización. El objetivo: preparar un supuesto encuentro con el máximo Jefe de las Farc, "Alfonso Cano", quien estaba interesado en tener bajo su vigilancia personal a Ingrid y a sus compañeros.

Una vez "convencido" "César" de que recibía órdenes de "Alfonso Cano", el carcelero accedió, como manso borrego, a unificar los tres campamentos. El plan era trasladar a los rehenes hasta el escondite de Cano utilizando el helicóptero de un supuesta ONG que se encontraba en misión humanitaria.

Y como cada acción tiene sus riesgos, se estableció un Plan B en el fortuito evento que algo saliese mal. En las proximidades del campamento había además del segundo helicóptero con centenares de hombres armados hasta los dientes con modernas armas livianas y pesadas para proteger la misión y con el propósito de establecer un férreo cordón para liberar a los secuestrados.

Dentro de los helicópteros del Comando Jaque viajaban fuerzas especiales entrenadas eficientemente por el experto General Freddy Padilla. En cuanto encontraron al grupo de secuestrados, uno de los helicópteros aterrizó y embarcó al grupo, la Fase II se había completado con éxito sin tener que recurrir a la tercera fase, sin dudas, la más peligrosa y feroz para los rehenes y militares y para el Gobierno del Presidente Uribe; además hubiese sido también el fin de la carrera política del Ministro Juan Manuel Santos. Nada se podía arriesgar.

Un helicóptero descendió a tierra y el otro, con armamento hasta los dientes se sostuvo en el aire y con nueve militares como pasajeros, por si fallaba el primero. La tripulación de este segundo helicóptero tan sólo obedecería órdenes del General Padilla.

En los cielos circunvolaba vigilante el avión plataforma americano que seguía segundo a segundo las claves secretas que transmitía el helicóptero y vigilaba los movimientos en las áreas circunvencinas de los otros 140 guerrilleros del Frente I de las Farc.

La segunda misión de este avión americano era bloquear tecnológicamente la entrada o salida de llamadas telefónicas para evitar un aviso o una orden del Secretariado de las Farc que descubriera la falsa misión.

En dos minutos, el helicóptero tenía capacidad de levantar vuelo y existía un sistema de comunicación para señalar si algo ocurría.

Si algo fallaba, la opción era el cerco militar –con las mejores armas, la tecnología de punta y el apoyo satelital– tendido con más de 26 helicópteros y centenares de hombres en tierra que ya rodeaban el sitio. Soldados profesionales y valerosos formaban parte de este cerco. Expertos negociadores militares colombianos y americanos para propiciar así la negociación de la vida de los 15 secuestrados que se haría directamente con los guerrilleros a cambio de dinero y libertad. Tal como se hizo en el secuestro del Embajador estadounidense en la sede diplomática de República Dominicana en Colombia

El "Plan B"

En el área de cautiverio había dos grupos de guerrilleros. Uno protegía directamente a "César" y otro, liderado por su lugarteniente "Gafas", vigilaba con especial cuidado a los secuestrados. Era como entrar en la boca del lobo, en un nido se arpías...

El Comando de Rescate, y en especial la tripulación del helicóptero, se comunicó con sus superiores por medio de códigos de palabras que normalmente usan los pilotos, que iban cargadas de significados previamente acordados con la inteligencia militar y el Comando de la Operación Jaque:

"No voy a apagar el motor" significaba que ya habían aterrizado;

"Vamos a soltar los frenos" (que el helicóptero despegaba);

"Viva Colombia" (cuando ya estuviesen neutralizados los jefes guerrilleros).

En caso de emergencia, uno de los entrenados integrantes del Comando de Rescate activaría un botón de pánico instalado dentro del helicóptero.

Esta señal de emergencia sería transmitida, a través del avión plataforma americano de comunicaciones, directamente al comandante de las Fuerzas Militares, quien era el único que podía dar la orden de comenzar el plan B desplegando el anillo de seguridad envolvente para acorralar a los hombres del Frente Guerrillero.

Al recibir señales electrónicas satelitales de "pánico" habrían aterrizado 26 helicópteros más en lugares seleccionados para impedir la fuga de las Farc. Se escogieron los puntos para que no hubiese disparos al no existir un contacto visual que les generara presión de peligro y garantizar de esta manera la negociación para un rescate usando la presión bélica y táctica.

El avión espía

Lo que nunca imaginarían los tres estadounidenses que estaban secuestrados a manos de las Farc, era que el Comando de Rescate contaba con intervención, respaldo y tecnología de los Estados Unidos, que participaron detalle por detalle en la científica planeación militar, como sólo los estadounidenses y los israelitas lo saben hacer sin cometer el mínimo error en su planificación.

Con esta asesoría y con eficientes militares colombianos, el Gobierno se "echó al agua". Desde que los tres estadounidenses fueron capturados por las Farc, su gobierno estuvo en permanente contacto con el colombiano para tratar de liberarlos, pero de forma que se garantizara la total seguridad y también disponiendo de una inteligencia operativa para ubicarlos y rescatarlos a salvo. Pero lo que aconteció durante el desarrollo de la Operación Jaque no se le hubiera ocurrido ni a Truman Capote, ni a Tom Wolfe, los mejores novelistas de tramas policíaco-históricas de Hollywood: el rescate sin disparar un solo tiro, ni derramar una gota de sangre, de Ingrid Betancourt, de tres asesores estadounidenses y de 11 miembros de la fuerza pública colombiana que padecían un largo e infame secuestro, que raya con la más feroz de las torturas, y lamentablemente en pleno corazón de las selvas del sur de Colombia por un decimonónico grupo guerrillero.

El Comando de Rescate de la que será recordada como hazaña militar, fueron miembros de un destacamento de fuerzas especiales que actuó con la paciencia y la destreza de un jugador de ajedrez para sacar adelante una misión bautizada con el nombre de Jaque.

Paciencia que tuvieron por casi 10 años las personas que fueron liberadas en esta Operación, paciencia con la que esperan ser liberadas más de 700 personas que aún siguen en poder de las desvirtuadas Farc.

Por fortuna el Plan B no fue necesario, pues ningún secuestrado habría sobrevivido.

¡Dios nos protegió!

19

La planeación colombiana del Jaque

"Se decidió bautizar así esta Operación por dos razones: por la primera letra del mes, julio, y por ser la que antecede a la máxima jugada del ajedrez: el Jaque Mate".

Tan sólo el comandante colombiano de la Operación Jaque sabía del origen y secretos de esta operación, ni siquiera los miembros del Comando estaban enterados completamente que gracias al monitoreo del teléfono satelital de "Alfonso Cano" el Jefe máximo de las Farc, más la ayuda de expertos estadounidenses con sus infiltrados fueron las claves que permitieron el rescate de Ingrid Betancourt, de los tres contratistas norteamericanos y de los 11 policías y militares.

El plan para liberar este grupo de secuestrados se fraguó también usando información recibida a raíz de la fuga del policía John Frank Pinchao, quien dio las primeras pistas precisas sobre la zona donde rotaban a los secuestrados. Se trata de una zona selvática del departamento del Vaupés, cuya capital es San José del Guaviare, que presenta condiciones de supervivencia difíciles para el ser humano, en medio de caimanes negros, babillas, anacondas, culebras de tallas descomunales, sapos venenosos y arañas pollas cuya picadura en más de una ocasión causaron terribles dolores y fiebre a los secuestrados. Una vez Pinchao recobró su libertad dio pistas a los organismos de seguridad del Estado. Además, en febrero de 2008 fue observado por una cámara secreta el ex congresista Luis Eladio Pérez, quien días después resultó liberado unilateralmente por las Farc. Meses más tarde, fueron vistos bañándose en un río los tres contratistas estadounidenses que fueron rescatados.

Pues bien, gracias a la detallada descripción que hizo Pinchao acerca de su fuga, uno de los miembros de la inteligencia militar presentó al General Montoya el plan de rescate, para lo cual se dispuso de un grupo de 15 de sus mejores hombres y mujeres.

El Plan consistía en estudiar con detalle minucioso, cada uno de los pasos de los anillos de seguridad que rodeaban a los secuestrados y las dificultades del terreno que, por lo selvático, impedían a las tropas regulares acceder a la zona.

Además, el operativo se llevó a cabo en un área cercana a la que fueron liberadas a principios de año Clara Rojas, ex compañera de Ingrid Betancourt, y la congresista Consuelo González por una misión humanitaria de la Cruz Roja Internacional y de Venezuela, encabezada por el Ministro venezolano Rodríguez Chacín.

El Ministro de Defensa de Colombia, Juan Manuel Santos, aseguró que a las familias de los rehenes se les ocultó un asalto riesgoso, para evitar poner en peligro la operación, pues el éxito de esta dependía del sigilo y de la confidencialidad con la que se tejiera la misma. Enfatiza en que el riesgo para el secuestrado siempre se redujo al mínimo.

Además, en las labores de la planificación de la Operación Jaque los oficiales de inteligencia que concibieron el rescate fueron considerados locos, pero la misma se desarrollo sin ninguna improvisación, puesto que el esquema era sencillo: la infiltración de la guerrilla.

El General Mario Montoya

Uno de los autores intelectuales de la Operación, asegura que se tenía fe y aunque sonara descabellada la propuesta, se analizó tantas veces de día y de noche que no existía duda razonable sobre la viabilidad y funcionamiento de ella.

En declaraciones que han tenido amplia resonancia en la prensa internacional, el General Mario Montoya aseguró a los medios que "recibió en el Comando del Ejército a tres hombres de inteligencia de su entera confianza que le llevaban noticias de los secuestrados en manos de las Farc, con el pretexto de revisar cartografías de la zona por donde se estaban moviendo tropas de la V División del Ejército de Colombia".

"En la tarde del 1 de junio de 2008 Montoya pidió hablar con el alto mando en la sala de inteligencia del Comando General, donde expuso el plan al general Freddy Padilla De León, Comandante de las Fuerzas Militares. Del asombro y la desconfianza, tras las explicaciones de los oficiales, se pasó a la expectativa. El General Padilla lo aprobó y luego se lo presentó al Ministro Juan Manuel Santos".

"Desde ese momento se perfeccionaron y acordaron ciertas reglas para seguir estableciendo la estrategia de su ejecución. Esto ocurrió en tres ceremonias militares entre el 4 y el 20 de junio. En el transcurso de esos días hubo cuatro reuniones más y el 9 de junio, cuando era claro que había una alta posibilidad de concentrar a tres grupos de secuestrados, según el mensaje que había hecho llegar el militar infiltrado en la guerrilla, se decidió el equipo de 9 oficiales y suboficiales que viajarían a la zona".

"Mientras tanto, con el visto bueno del Presidente Uribe, el grupo ya seleccionado de militares empezó una concentración. Entramos en un acuartelamiento de primer grado. Lo primero que hicimos fue una promesa de honor de mantener bajo reserva toda la operación. Al mismo tiempo arrancamos las clases de teatro. Cada uno, como en una obra, recibió su papel. Por lo general, las misiones humanitarias tienen europeos y en esta en especial queríamos dejar la sensación a las Farc de que entendíamos su postura frente al conflicto, por eso dos de los hombres llevaron camisetas del Che Guevara. El médico, que en realidad era un médico militar y la enfermera (una de las más destacadas agentes de inteligencia) también recibieron una instrucción especial de cómo comportarse".

"El sábado 27 de junio se entró en la etapa final de Jaque. Fueron escogidos los helicópteros y sus tripulaciones: los mejores pilotos de la Aviación del Ejército".

"El lunes 30 el Ministro Juan Manuel Santos y los generales Fredy Padilla y Mario Montoya revisaron por última vez los detalles y se dio la orden de pintar las aeronaves de blanco con una franja roja y entrar en alerta máxima".

"El martes primero de julio se ensayó toda la acción: el momento del aterrizaje, el encuentro con "César" y sus hombres, lo que cada uno debía hacer y decir, las posiciones que se debían ocupar dentro del helicóptero, cómo hablarles a los secuestrados, sin un solo milímetro de emoción, las esposas plásticas para evitar inconvenientes".

La tarea del infiltrado

Como las comunicaciones entre el secretariado de las Farc y sus frentes estaban intervenidas, se recurrió al uso de la figura del correo de los chasquis, que en la América incaica eran mensajeros que cruzaban planicies, vencían montañas y pasaban ríos de la región andina para cumplir la tarea de mantener comunicado a su pueblo.

Pues bien, cerca de Tomachipán, el jefe guerrillero "César" estaba a la espera de un mensaje del emisario del Secretariado, la misma persona que días atrás le había suministrado un recado del Mono "Jojoy", el cual rezaba que "habían logrado hacer un extraordinario contacto con una organización humanitaria de uno de los países europeos amigos".

Este chasqui no era más que uno de los militares infiltrados en las filas de las Farc, y cuyas identidades se mantiene *Top-Secret*, al mejor estilo de los nombres de los espías de la Guerra Fría. Este mensajero le entregó a "César" la aprobación de "Cano" para el traslado de los secuestrados y su entrega a la supuesta misión humanitaria.

"Palabras más, palabras menos, el mensaje fue que el camarada estaba de acuerdo con el planteamiento, que le parecía un gran gesto de los países amigos hacer esa gestión para llevar a los secuestrados hasta su campamento y que eso abriría una puerta para el intercambio humanitario y la libertad de "Sonia" y "Simón". Que se debía hacer, con todas las garantías y medidas de seguridad", asegura el General Montoya.

El riesgo mínimo

El Ministro de Defensa, Juan Manuel Santos, expresó que el operativo que logró liberar a los secuestrados, se estructuró con el propósito de no poner en riesgo la vida de ellos.

El riesgo sumo y un posible fusilamiento del Comando de rescate podrían acontecer al tocar tierra el helicóptero si por un imprevisto Cano o "Jojoy" detectaban la tramoya. De suceder esto, se acudiría, desgraciadamente al "Plan B" que era rodear al helicóptero, a los secuestrados y a la guerrilla y jugársela militarmente e intentar combatir y negociar para que no les hicieran daño a los secuestrados y los liberaran.

"No obstante, el otro riesgo es que nos detectaran la operación de antemano porque lo lógico era que se escabulleran –los secuestrados– y se fueran a otro sitio. Por eso, el riesgo para los secuestrados fue mínimo. Por eso no se les dijo a las familias, además que existía la posibilidad de que algunos de ellos no estuvieran de acuerdo y el operativo se hiciera público".

El Comandante del Ejército, General Mario Montoya, quien fue el encargado de aprobar sobre la marcha, contó paso a paso los 22 minutos y 13 segundos que permitieron el rescate de los 15 secuestrados a través de una operación de "inteligencia persuasiva".

"Esta operación tuvo como antecedentes el rescate de Emmanuel, las pruebas de supervivencia en noviembre pasado y de la ubicación supimos donde, con base en los anteriores civiles liberados por las Farc".

El proceso de esta operación de inteligencia militar cuajó cuando los miembros del Ejército lograron infiltrar a las Farc y al Secretariado y se convencieron que hablaban entre ellos mismos. Una de las claves se ancló en el ego de los dos principales jefes de la cuadrilla primera de las Farc, alias "César" y alias "Gafas". Se les sedujo con que tendrían que ir dos de ellos, y en particular a César se le explicó que tenía que ir porque era el jefe máximo al cuidado de los secuestrados.

Pero horas antes de impartir el visto bueno a la Operación Jaque, los guerrilleros plantearon un requerimiento extra: no querían ir sólo dos sino cuatro, a lo cual se replicó con un mensaje de mando, que se ordenaba que era imposible satisfacer lo planteado argumentando que no había cupo, sino para la tripulación dos guerrilleros, la misión humanitaria, el grupo de secuestrados que debía ser trasladado a donde "Cano". Esta es la versión colombiana de la Operación Jaque.

El Plan se ejecutó según lo acordado, y por fortuna, no hubo algún incidente que llevara al traste la Operación; pero de haber ocurrido lo contrario, las dimensiones de la catástrofe serían inimaginables: el fin del sueño de los gobiernos Uribes.

La Cruz Roja

En la Operación Jaque, y de acuerdo con los videos oficiales, uno de los oficiales del Comando de Rescate empleó "sin autorización y por su propia cuenta" uno de los distintivos de uso exclusivo del Comité Internacional de la Cruz Roja. Y el primero que llamó la atención del uso del símbolo de la Cruz Roja fue el destacado periodista Larry King de CNN, con lo cual se prendieron las alarmas.

La primera versión difundida o "falso positivo" expresaba que uno de los militares que participó en la operación había reconocido que por nerviosismo, a última hora y "contradiciendo órdenes oficiales" se puso un peto con el símbolo humanitario. Pero, el uso de logotipos de la Cruz Roja, de Ecuavisa y Telesur fueron previamente planificados por el alto mando como elementos útiles para la misión que contribuirían a generar credibilidad entre los guerrilleros.

El Presidente Álvaro Uribe, quien no había sido informado correctamente, expresó: "Asumo la responsabilidad. Le vamos a pedir al oficial que tenga el valor y que pida a sus compañeros de misión que lo perdonen".

El uso indebido del símbolo de la Cruz Roja podría llegar a ser considerado un crimen de guerra, de acuerdo con la Convención de Ginebra y la legislación internacional humanitaria, pero en Colombia la opinión general y algunos medios de comunicación lo toman a beneficio de inventario o como un recurso útil que sirvió para un bien humanitario. Y así se queda.

En medios internacionales el engaño es una infracción al derecho de la guerra, prohibida de manera expresa por el DIH y consiste en burlar la buena fe del enemigo para realizar un acto hostil. Ejemplo: simular la rendición en combate para posteriormente atacar al enemigo; o utilizar las ambulancias para transportar armamento y posteriormente lanzar un ataque; simular la intención de negociar bajo la bandera blanca y posteriormente lanzar un ataque, etcétera.

Según el Director oficina de Derechos Humanos del Ministerio de Defensa, TC Juan Carlos Gómez Ramírez, el rescate militar de secuestrados en la Operación Jaque no es un Acto Hostil y por ende, el engaño nunca podrá ser considerado como Perfidia.

En el caso de la operación Jaque, el empleo de la estratagema o la simulación de la Operación Especial de traslado de los secuestrados, según el ejército no fue en ningún momento un acto pérfido, toda vez que se engañó al enemigo pero no para realizar un acto hostil, ni se hizo un solo disparo.

Los ocho integrantes del equipo de rescate, mas la tripulación del helicóptero, iban sin armas, arriesgando su propia vida, siempre pensando en el rescate de los secuestrados.

Pero el tema se complicó cuando alguno de los militares asesores del Operativo, al parecer, vendió a una cadena privada de televisión un video secreto.

En él se mostraba a uno de los miembros del Comando exhibiendo el emblema de la Cruz Roja Internacional, otros el de Telesur y de Ecuavisión frente a sus superiores militares lo cual, supuestamente, indicaría que el uso de estos logos fueron parte de la planificación oficial para el engaño a las Farc.

La desinformación dada al propio Presidente Uribe y al país, había quedado al descubierto...

20
El engaño a las Farc

Inicio

Dentro del Helicóptero de Troya que sirvió como señuelo del operativo que permitió la liberación de 14 secuestrados por las Farc por parte de supuestos guerrilleros, iba uno que en verdad lo era.

Su historia es audaz: el desertor "convence" a los insurgentes activos de llevar juntos a sus rehenes más preciados y trasladarlos unos 145 kilómetros por la selva colombiana hasta un claro. Un mes más tarde, este comando disfrazado y entrenado, aterriza en el helicóptero camuflado de blanco y rojo y "captura" la joya de la corona de las Farc: Ingrid Betancourt, a los tres estadounidenses y a 11 policías y militares.

Para lograr este propósito comandos de jungla colombo-americanos instalaron equipos de vigilancia de video, proporcionados por Estados Unidos, los cuales permitieron hacer acercamientos y tomas controladas a control remoto, a lo largo de ríos que son la única ruta de transporte a través de densas zonas selváticas. Aviones norteamericanos de reconocimiento interceptaron conversaciones por radio y teléfono satelital de los rebeldes y emplearon imágenes que pueden penetrar el follaje de la selva. Con base en este respaldo tecnológico y de inteligencia militar, un desertor de las Farc estuvo de acuerdo con encabezar la operación. El desertor gozaba de la confianza del Secretariado de las Farc y del liderazgo del Primer Frente, que tenía en su poder a los rehenes.

El desertor y la esposa de "César", la guerrillera Nancy Conde Rubio, alias "Doris Adriana", resultaron ser claves, pues "convencieron" a Gerardo Aguilar Ramírez, "César", el Comandante del Frente Primero, que el Secretariado deseaba que los 15 rehenes fueran desplazados a un punto de encuentro. Además, el desertor estaba enojado con las Farc porque su propio comandante le había arrebatado una casa y una granja que le habían pertenecido y esta fue parte de su desquite. El desertor clave de la operación está libre. Otro componente clave fue el teléfono satelital y el rastreo de señales UHF, VHF y HF de Gerardo Aguilar Ramírez "César" y de los altos mandos del secretariado de las Farc. Se tenían movimientos puntuales de las Farc en el departamento de Guaviare y fue en esta etapa de estrategia en la que un oficial del Ejército de Colombia escuchó la voz de Alfonso Cano, el Jefe número uno de las Farc, y logró así conocer el lenguaje, ordenes y conversaciones con el Jefe del Frente que custodiaba a los secuestrados, el Comandante "César" que hablaba al otro lado de la línea.

Así, "César" con engaño a través de personas y mensajes telefónicos, "recibió", según la versión militar colombiana, la orden de enviar los secuestrados con Alfonso Cano, el nuevo jefe de las Farc que reemplazo a Tirofijo, además se le informó que iban a usar helicópteros de una ONG extranjera para trasladarlos, esto en el marco de un acuerdo que permitiría la liberación y repatriación de Simón Trinidad, extraditado a los Estados Unidos. El desenlace afortunado: los secuestrados liberados; "César" y "Gafas", los carceleros, tras las rejas; un Comando de Rescate orgulloso y unas Farc penetradas por la tecnología americana e israelita.

El helicóptero camuflado: inspiración troyana

La guerra de Troya duró cerca de 10 años, el cansancio y la imposibilidad de hacerla caer, hizo que Ulises ideara una sabia manera de vencer de una vez por todas a los Troyanos, si era imposible hacer salir a los soldados de la ciudadela amurallada, entrarían ellos. ¿Pero cómo?

La idea era entregar el caballo más grande que se hubiera creado nunca como regalo al rey Príamo. Así pues, empezaron a construir la colosal estatua de madera, hueca por dentro. Los delegados griegos fueron a hablar con el rey Troyano para decirle que se retiraban de la batalla y en concepto de su buena voluntad le harían entrega de un regalo. Cuando el Rey Príamo vio el caballo quedó asombrado por sus magnas proporciones, y sin sospechar lo que había dentro, abrió las puertas de la ciudad y dejó pasar la estatua.

Al anochecer, los soldados que estaban dentro del caballo, lanzaron sus cuerdas y escalerillas y abrieron las puertas para que todos los soldados griegos entraran. La última batalla se saldó con miles de muertos del bando Troyano y con una ciudad destruida por las llamas.

La coincidencia con la Operación Jaque es mera casualidad, pues la guerra de Troya se asemeja con los mismos 10 años que tuvieron que soportar en cautiverio el grupo de rehenes militares colombianos liberados; y el Caballo de Troya con el helicóptero y el desarrollo de la operación como tal; y el propósito de la estratagema se cumplió, pero en Colombia, a diferencia de Troya, no se derramó una sola gota de sangre.

La Odisea - Canto VIII

Homero

"...El caballo estaba en pie, y los teucros, sentados a su alrededor, decían muy confusas razones y vacilaban en la elección de uno de estos tres pareceres; hender el vacío leño con el cruel bronce, subirlo a una altura y despeñarlo, o dejar el gran simulacro como ofrenda propiciatoria a los dioses; esta última resolución debía prevalecer, porque era fatal que la ciudad se arruinase cuando tuviera dentro aquel enorme caballo de madera donde estaban los más valientes argivos, que causaron a los teucros el estrago y la muerte".

Un guerrillero en el Comando Jaque

Un detalle que hasta ahora no se conocía en la opinión pública era que en el helicóptero de la Operación Jaque, irían dos ex guerrilleros de las Farc.

Tampoco que se presentó una diferencia de criterio entre colombianos y americanos en la cantidad de ex guerrilleros que debían ir en el helicóptero y mientras los militares colombianos planteaban que fuesen dos guerrilleros en la misión de rescate, los norteamericanos no estuvieron de acuerdo y se "tranzó" por un sólo ex guerrillero como parte del Comando de Rescate de la Operación Jaque.

De acuerdo con *The New York Times*: *"Mientras los colombianos y estadounidenses estaban de acuerdo en la mayoría de los detalles del operativo mientras se implementaba, se presentaron algunas diferencias, por ejemplo cuando los oficiales estadounidenses se opusieron al plan de llevar dos ex guerrilleros a bordo entre los comandos, aparentemente para convencer a los guerrilleros para que entregaran a los rehenes. Al final sólo un guerrillero participó en la misión abordo del helicóptero".*

Associated Press –AP–

Para este libro esta información de la presencia de un guerrillero como parte de los 12 miembros del Comando de Rescate que corroboraría la participación de varios ex guerrilleros e informantes en la Operación Jaque, la verificamos mediante la Agencia Internacional de Noticias – AP–, que así constató:

"A bordo viajaban cuatro miembros de las Fuerzas Armadas disfrazados de civiles, seis agentes de inteligencia militar y el desertor guerrillero, señalaron funcionarios del Ejército".

21

El Día J: 2 de julio de 2008

El Ministro de Defensa, Juan Manuel Santos y el general Freddy Padilla de León acordaron que el Día J, el día decisivo, el día de la puesta en escena era el miércoles 2 de julio, a las 5:00 de la madrugada.

A esa misma hora, según Ingrid Betancourt: "Nos levantaron a las cinco de la mañana para avisarnos que nos alistáramos para un posible cambio de sitio. Nos arreglamos como pudimos y de repente llegaron unos helicópteros blancos de los que bajaron unos tipos que, en principio, creíamos que eran guerrilleros. Estaban vestidos como ellos (algunos con camisetas del "Che" Guevara) y hablaban como ellos...".

Sin tiempo para cambios. La suerte estaba echada para los secuestrados y para los 13 militares escoltados por un helicóptero similar que también formaba parte de la falsa misión humanitaria.

El mismo Comandante del Ejército viajó al sitio de concentración entre Villavicencio y San José del Guaviare. A esa hora de la madrugada se reunió con sus hombres y en un momento que los protagonistas tildan como dramático y solemne leyeron el libro de Los Hechos de la *Biblia*. Los versículos fueron escogidos como por designio celestial: "Ahora me doy cuenta realmente de que el Señor ha enviado su ángel y me ha arrancado de las manos de Herodes", haciendo invisible a los discípulos en medio de las huestes hostiles. "Ustedes saben que este puede ser un viaje sin retorno. Nos vamos con la Virgen y los ángeles", esta fue la sentencia y orden de partida para el embarque.

El "francés", el piloto, el periodista... comienza el sainete

Pero para lograr esta hazaña, el rescate de Ingrid y los 14 rehenes en manos de las Farc, el Comando rescate se comprometió a practicar durante extensas jornadas y ensayar, ensayar y ensayar...

Ellos tomaron clases durante semanas para cumplir con éxito la misión en la que engañaron a las Farc. Así, los supuestos integrantes de la misión humanitaria convencieron a los guerrilleros de reunir en un mismo sitio a los rehenes para trasladarlos a un lugar en el sureste del país en donde los recibiría el máximo líder de las Farc, Alfonso Cano.

Las clases de teatro enseñaban a actuar como un italiano, un australiano, un árabe y un antillano, además de dos enfermeras y un médico. Según el Ministro Santos, "La novela, por así decirlo, era que estos secuestrados se trasladaban a órdenes de Alfonso Cano para iniciar el proceso del intercambio humanitario, por eso la presencia de una misión internacional".

Los militares seleccionados para participar en el rescate hablan inglés y tienen rasgos europeos, lo que contribuyó al éxito de la Operación Jaque en la que se utilizó un esquema similar al de recientes liberaciones unilaterales de las Farc. De acuerdo con el General Padilla: "El martes primero de julio ensayamos nuevamente toda la acción: el momento del aterrizaje, el encuentro con "César" y sus hombres, lo que cada uno debía hacer y decir, las posiciones que se debían ocupar dentro del helicóptero, cómo hablarles a los secuestrados, sin un solo milímetro de emoción, las esposas plásticas para evitar inconvenientes y lo más duro: qué íbamos a hacer si la guerrilla descubría el plan".

¡Con el "Che" a flor de pecho!

Y para dar más credibilidad al artificio, y convencer a los guerrilleros que se trataba de una misión humanitaria en busca de los secuestrados, el guerrillero infiltrado mostraba orgulloso una camiseta con la viva estampa del legendario "Che" Guevara, igual a la que la que llevaba un miembro de la comitiva de Hugo Chávez que recogió a Clara Rojas y sus otros tres compañeros de infortunio.

Un engaño perfecto. Quien lo creyera, el Che Guevara ahora al servicio militar y en contra de las guerrillas proclives a Cuba.

Este ingenioso engaño termino de convencer a los 60 guerrillos farianos que se trataba de una "verídica" operación de traslado del grupo de 15 retenidos, entre ellos Ingrid, los tres estadounidenses y los 11 militares y policías colombianos. La red estaba tendida, tan sólo faltaba apretar el nudo y rezar…

¿Moriré en este operativo?

Rezar fue lo que el Comando de Rescate hizo en todo momento y en medio de sus plegarias, ruegos y reflexiones, una pregunta cruzaba la mente de cada uno de ellos: ¿Moriré en este operativo? Y la pregunta era válida por cuanto el riesgo era enorme, pues se trataba de entrar en la boca del lobo, de arrebatarle su presa más valiosa pero sin que se percatara del engaño, como cuando Odiseo engañó a los usurpadores de su trono al regresar disfrazado a Ítaca al lado de su amada y hermosa Penélope.

Así de delicada era la operación, pues de resultar fallida ni a sus familias volverían a ver, y se vislumbraban varios escenarios: o morirían en el operativo, o resultarían heridos o, en el mejor de los casos, pasarían a engrosar el número de secuestrados en Colombia.

Pues bien, la entrega a los principios que juraron defender, la lealtad a sus armas y el arrojo y orgullo de ser partícipes de una operación sin precedentes y planeada con convicción y hechos despejaba cualquier duda, cualquier mancha, prevalecía la patria por encima de todo.

22

22 minutos: vida o muerte

"Qué bueno morir tocando la libertad
Por unos segundos, en vez del cautiverio".

Ingrid Betancourt

Una vez llegaron al punto acordado, según comenta uno de los oficiales del Comando de Rescate, se tenía previsto que esta etapa durara aproximadamente 7 minutos, pero se dilató a 22 minutos y 13 segundos.

Los militares se presentaron ante los secuestrados y los guerrilleros como extranjeros y periodistas; los acompañaba una mujer que actuó como enfermera; un miembro del Comando se hizo pasar como italiano y jefe de una misión internacional, y "convence" a "César" de dejar su arma con los demás guerrilleros debido a que se trataba de una gestión humanitaria, no podría portarla dentro del helicóptero.

A los rehenes se les dijo que iban a ser trasladados cómodamente a otra región del país, lo cual creó incertidumbre en el grupo de secuestrados. A tal punto que la ex candidata presidencial Ingrid creyó que se trataba de un circo de la guerrilla, lo cual generó resistencia de parte de ella y de sus compañeros de cautiverio para abordar la aeronave, pues además tenían que esposarlos.

Ingrid relata que: "Llegaron unos helicópteros blancos y de pronto se asomaron unas personas totalmente surrealistas. Nos subieron esposados y eso fue muy humillante, además los tripulantes parecían miembros de las Farc y hablaban con confianza con los guerrilleros. Eran toscos, como siempre fue la guerrilla con nosotros".

Un falso camarógrafo del Comando de Rescate se acerca a los cautivos y ante la desesperación de algunos de ellos, que querían enviar mensajes a sus familias, les dice insistentemente que no está autorizado para transmitir sus testimonios en directo.

"Tengo solamente una cosa que decir: he estado encadenado durante 10 años. Soy el subteniente Malagón del glorioso Ejército Nacional de Colombia. Secuestrado", grita con rabia el oficial cautivo.

El equipo "periodístico" que hace parte de la misión, un camarógrafo y un periodista, tal como se previo en el diseño del operativo se concentran en "entrevistar" al Comandante "César" y a su subalterno "Gafas". La actitud de "César" para dar esa declaración es la de un Jefe guerrillero "orgulloso de su misión" y seducido por el embrujo de la cámara de televisión en la cual, se supo después, se usaron falsos logotipos de Telesur y Ecuavisa.

Aquí se inicia en verdad la última fase de la Operación, pues mientras los dos periodistas trataban de entrevistarse con "César", la única mujer del Comando de Rescate pone esposas de plástico a los secuestrados.

Y este fue uno de los principales problemas que afrontaron los miembros operativo, pues los secuestrados no querían dejarse esposar, porque ellos tenían la certeza que era otra patraña, otra cosa rara, diferente que les estaba montando las Farc, pero Keith Stansell en forma muy «diligente» -como si estuviese preavisado según la concepto de un corresponsal europeo en Colombia-, es el primero que se ofrece a que le pongan las esposas con el deseo de montarse rápidamente en el helicóptero. Un viaje en helicóptero es menos pesado que días de caminata y en un secuestro de años, es solo una raya más al tigre.

Una vez el norteamericano accede los demás le siguen. Todos a una.

Paso a paso

A las 13:24 horas (1:24 p. m.) el camarógrafo se baja del helicóptero con el periodista y se acercan hacia los guerrilleros y los filma sobre el cocal donde aterrizó el helicóptero tal como se había previsto, junto con el grupo de secuestrados.

La entrevista estaba planificada para tratar de distraerlo junto con su segundo "Gafas" que era el encargado de los secuestrados, con el propósito de generarles confianza, para que creyeran mas que era una misión cierta.

Ingrid Betancourt expresa su indignación y disgusto por que ella no quiere dejarse nuevamente poner esposas. Además el Teniente Malagón expresa su enojo porque quieren que le tomen una declaración, a lo cual los "periodistas" del Comando de Rescate no acceden; los siguientes diálogos, tomados del video oficial, reflejan mejor esta situación:

Periodista Misión: Permitanme una sola pregunta por favor.

Alias "César": *No. Es que el ruido del helicóptero,*

Periodista Misión: *Que se vea, es muy sencilla Comandante, prisioneros en manos de las Fuerzas más Revolucionarias de Colombia, Ejército del Pueblo.*

Vamos a tener la oportunidad de hablar con los tres norteamericanos que se encuentran en poder de las Fuerzas Armadas Revolucionarias de Colombia.

Por política del Canal no podemos permitir, no podemos dejar hablar al grupo de prisioneros en manos de las Fuerzas Armadas Revolucionarias de Colombia, no podemos....

Teniente Malagón: *Escúcheme, tengo solamente una cosa que decir, he estado encadenado durante 10 años, yo soy el Teniente Malagón del glorioso Ejército Nacional de Colombia, secuestrado por múltiples factores,*

Periodista Misión: *Palabras del Teniente Malagón no podemos permitirlas en directo, no podemos permitirlas, pero sabemos el sufrimiento.*

Teniente Malagón: *Se deben permitir, porque tengo algo muy importante que exponer....*

Periodista Misión: *Entendemos las restricciones de la prensa no permiten...*

El tiempo corre y el Teniente Malagón insiste en lo de la declaración, mientras tanto, la Misión aprovecha ese momento para generar más confianza e ir subiendo uno a uno a los secuestrados al helicóptero.

Antes de subir al aparato "César" y "Gafas" sonríen socarronamente, mientras los supuestos miembros de la "misión humanitaria" tratan de convencer a los cautivos que se dejen atar las manos para poder emprender el viaje. La ex candidata presidencial Ingrid Betancourt y otros cautivos se muestran renuentes, hasta que Keith Stansell, uno de los tres estadounidenses que también fueron rescatados, accede y el resto le sigue.

A los pocos minutos de elevar vuelo, y bajo la mirada incrédula de los quince rehenes, varios miembros de la misión ficticia –el supuesto italiano, un "australiano", el "periodista", el "camarógrafo", y otras personas– redujeron a "César" y a "Gafas". Una vez fueron dominados y atados los dos rebeldes, el verdadero comandante de la operación grita que los supuestos extranjeros, así como el "periodista" y el "cámara" son en realidad miembros del Ejército Nacional y, al dirigirse a los secuestrados les dice: "¡ustedes quedan ahora libres!".

La euforia por alcanzar la libertad se apodera de los pasajeros y tripulación del helicóptero, ellos se abrazan y expresan su alegría con lágrimas y saltos, lo cual obliga a los pilotos a pedir calma para que el aparato no se desestabilizara.

En tierra quedaban más de 60 guerrilleros convencidos de haber cumplido con las órdenes del Jefe Máximo de las Farc Alfonso Cano.

El puñetazo de Keith Stansell al Comandante «César»

Justamente este norteamericano, quien es el primero que acepta dejarse esposar para subirse «diligentemente y con premura» al helicóptero, mientras que Ingrid protestaba por las esposas y el traslado de sus compañeros de cautiverio, es quien le propinó un derechazo directo al ojo del Comandante «César».

El golpe lo recibió una vez el carcelero fue desarmado instantáneamente por los miembros del Comando de Rescate utilizando las técnicas israelitas del Krav Maga.

El puñetazo lo propinó Keith en un acto de comprensible desahogo por las penurias, privaciones y vejaciones a los que los había sometido vilmente el implacable comandante «César».

Un «konout out» inolvidable al mejor estilo del irremplazable Cassius Clay, mejor conocido como «Mohammed Alí».

PARTE
V

LAS HISTORIAS DE LOS
SECUESTRADOS

23

Mis recuerdos como secuestrado de las Farc

· *"Hay un vacío en el tiempo de mi vida. Sobre todo está el espacio en blanco de no haber acompañado a mis hijas en su crecimiento, pero ahora vivo ilusionado con que jamás estaré lejos de ellas".*

Sargento Julio César Buitrago

A las 13:15 horas del 2 de julio de 2008 los 15 rehenes de las Farc escucharon una frase libertadora imborrable: "¡Somos el Ejército de Colombia, ustedes están libres!".

Atrás quedaron casi 10 años de vejámenes, de tristezas, de dolor causado por su captores que como Cancerbero, el perro guardián del infierno de Dante, que echaba babas y dentelladas por sus tres cabezas, cercenaban cualquier asomo de dignidad, la cual se veía menguada por sus temores, por las torturas físicas y sicológicas, por el miedo a la muerte, por saber si volverían a sus familias, a ver sus amigos, a abrazar a sus seres queridos…

En ese helicóptero, como por arte de magia, se sintieron felices por lograr la libertad, pero en sus mentes, en sus cuerpos, en sus corazones se agolpaban miles de recuerdos que como latigazos herían sus almas… chocaba la tristeza del pasado reciente e infame con la alegría infinita del momento.

Con temple espartana

Lo mismo ocurrió con Juan Carlos Bermeo, Capitán del Ejército quien al responder una pregunta del *Diario del Huila*, acerca de cómo se sintió cuando fue capturado contestó: "Sentí mucha vergüenza con mi Patria, con mi Ejército, con mi pueblo, cuando caí en manos de los bandidos que nos redujeron, porque era mi responsabilidad con mis subalternos y con mis superiores el mantener la institucionalidad, pero fue imposible".

Juan Carlos es un hombre fuerte y recio, al punto que en las pruebas de vida nunca contó detalles de su cautiverio, se trata de un militar que se quitó su camuflado ocho años después de su plagio; que a partir del año 2001 no volvió a fumar con tal de no pedir algo a los guerrilleros; que no se quejó durante su cautiverio y que, incluso, requirió a su familia que no le enviara mensajes para no debilitar su voluntad de guerrero para soportar las vicisitudes del cautiverio.

Sus carceleros, y en particular "Gafas", lo vigilaban "entre ojos", al punto que tuvo problemas con Juan Carlos debido a su temple espartana, la cual le impidió relatar en sus mensajes que padeció siete veces de leishmaniasis (enfermedad infecciosa parasitaria que puede dejar severas lesiones en la piel y mutilar zonas del cuerpo como las orejas), otras tantas de paludismo y dos de hepatitis.

Desolación, muerte y vida

Cuando plagiaron a Julio César Buitrago tenía 28 años y

era un joven normal, alegre y dedicado a sus labores como cabo primero de la Policía, a quien le gustaba la rumba y compartir con sus amigos, pero sus sueños los truncó la acción de las Farc.

Así, el rutinario transcurrir del secuestro en medio de la selva, rodeado del maltrato, la depresión, el suicidio, la muerte, se convirtieron en los pensamientos que vulneraban con constancia a Julio César. Días de sufrimiento y dolor, pero como antes de ser secuestrado esperaba con anhelo encendido a quien fuera, en diez años de cautiverio, su luz de esperanza, una linda niña que estaba por nacer.

Julio César recuerda que durante su cautiverio supervivió con sus cadenas al cuello como enjaulado, siguiendo las humillantes órdenes de sus captores, soportando las penurias que vienen en medio de la pertinaz lluvia en las selvas, lavando ollas, pero aferrado a una ansiada libertad.

Dolorosa revelación

Peñita fue fusilado por las Farc por sus problemas sicológicos. El asesinato lo ordenaron el "Mono Jojoy", Jefe del bloque Oriental de las Farc y "Martín Sombra". Rematado de un tiro en la cabeza, al borde del hueco de su tumba. Cuando Peña se enteró de la orden de su fusilamiento intentó escapar, pero sus tres cadenas se lo impidieron.

La caminata de la muerte

El cabo de la policía Jhon Jairo Durán tendrá por siempre marcada la odisea que vivió junto con su amigo el Capitán Julián Ernesto Guevara, a quien conoció en una de las eternas caminatas a las que obligaban las Farc.

Luego de esa caminata el Capitán Guevara tuvo una enfermedad de la que nunca se recuperó, la piel apenas le cubría los huesos, parecía un zombie, y Jhon Jairo se encargaba de cuidarlo, bañarlo, atenderlo, se convirtió en su lazarillo. Además, le pedía a los guerrilleros asistencia médica para su Capitán, pero las Farc sólo permitieron que una enfermera le tomara una muestra de sangre a Guevara, con la que le diagnosticó paludismo. Luego tan sólo le recetaron benzetazil que lo hacía palidecer debido a su debilidad. Ya en el amanecer del 20 de enero de 2006 el Capitán Guevara falleció, la muerte le llegó mientras dormía.

Cinco días después del operativo que le devolvió la libertad, Jhon Jairo le entregaba a la madre del Mayor Julián Ernesto Guevara el diario personal que el oficial escribió hasta el día de su muerte. La señora Emperatriz de Guevara pidió a las Farc que le entregue la ubicación donde yace sepultado el cuerpo de su hijo.

Cadenas al cuello

"Cuando despierto en las mañanas, creo que estoy soñando", dice el teniente Raimundo Malagón, aunque su cuerpo demuestra los 10 años de secuestro pues luce cansado, delgado y con secuelas físicas.

No es fácil adaptarse al nuevo estilo de vida, pues se arrastran las secuelas del secuestro, incluso el comer es diferente, además siempre se vivía en zozobra debido al encierro, y aún recrea en su mente las imágenes despiadadas de diez años de encierro y encadenado. Mientras él sufría el encierro, su mamá murió un mes después de su secuestro, y al menos su papá pudo resistir estos diez años de sufrimiento y de amargas penas.

Con una sonrisa

Brian Alejandro suspiraba. A sus 13 años de edad quería conocer al padre que lo dejó. Cuando lo vio, las lágrimas inundaron sus ojos hasta darle un profundo abrazo silencioso a su papá José Ricardo quien asegura que a pesar de estar libre sus pensamientos y acciones estarán encaminados a seguir luchando por los plagiados por las Farc: "Seguiré apoyando las actividades tendientes a su liberación. Seguiré siendo soldado hoy, mañana y siempre".

Ni vivos ni muertos

Para el Sargento viceprimero del Éjército Erasmo Romero el secuestro es una práctica aberrante contra los derechos humanos que cometen los grupos al margen de la ley, como un estado de catalepsia, ni vivos ni muertos, lo mismo opina Javier Rodríguez, el teniente de la policía, liberado también en la Operación Jaque.

Un ángel para Ingrid

"Una cucharadita por Melanie. Una cucharadita por Lorenzo. Una cucharadita por su mamá...", oyendo estas palabras el cabo primero William Humberto Pérez Medina, Ingrid Betancourt inició el camino de la recuperación.

La alimentación se la proporcionaba el Cabo como si se tratara de una niña, con paciencia, dedicación y amor fraternal.

Íngrid reconoció los cuidados de William. "Estoy viva gracias a él", dijo en sus primeras intervenciones al llegar a Bogotá; además de prodigarle los cuidados a Ingrid, William se encargó de organizar un grupo de oración y lectura de la

Biblia, siempre haciendo gala del buen humor que lo caracteriza desde sus épocas de adolescente.

Gracias a sus conocimientos en enfermería sirvió también de soporte a sus compañeros de plagio cuando escaseaban los medicamentos.

La muerte es la compañera permanente

Cuando a Ingrid le quitaron las esposas de plástico recordó que la felicidad sí existe y que sus plegarias fueron escuchadas, plegarias que a día elevaba, mientras las Farc la sometían a la rutina diaria en conjunto con sus compañeros de cautiverio, en donde "la muerte es la compañera del rehén":

"Era una levantada a las cuatro de la mañana, precedida de un insomnio probablemente desde las tres de la mañana".

"Rezar el rosario y esperar las noticias; el contacto con los espacios radiales que nos daban la posibilidad de comunicarnos con nuestras familias. Quitada de las cadenas a las cinco de la mañana, servida del tinto (café) a las cinco. Traían las botas más o menos en ese momento. Hacer la cola para esperar el turno para chontear. Chontear es un término muy guerrillero: es ir al baño dentro de unos huecos espantosos, porque no hay letrinas, no hay nada, entonces nos tocaba esperar turno para ir detrás de los matorrales a hacer nuestras necesidades en esos huecos. Tras un desayuno con "chocolate o algún caldo". Tratar de encontrar qué hacer durante largas horas hasta las 11 y media del día. En el secuestro, a partir de cierto momento, ya nadie tiene qué decirse. Todo el mundo está en su caleta en silencio. Los unos duermen, los otros meditan, los otros oyen radio. Después, baño general. Entonces, vestirse para el baño rápidamente, e

ir, por lo general, a un pequeño río. Todo es limitado. Para mí era una tortura lavarme el cabello, porque no me daban tiempo. Yo estaba con hombres; ellos estaban listos a los 10 minutos y yo a los 25 minutos todavía estaba bañándome y me sacaban a gritos y era muy humillante. Después ir a la caleta, vestirse con mucho cuidado para que no se cayera la toalla mientras uno se pone la ropa interior, con mucho cuidado de que no lo vaya a atacar una hallanave o un escorpión mientras uno se está cambiando. A todos nos picó algún bicho. Una hallanave es una hormiga muy grande y el dolor que produce su picadura es como el de un escorpión. Hay otras hormiguitas que se caen de los árboles y cuando le rozan a uno la piel, se orinan encima de uno y producen un quemón fuerte".

"Después llega la comida. Tiene uno que comer muy rápido, lavarse los dientes, limpiar las botas, meterse en la caleta o por lo menos organizar el toldillo, tender la hamaca y muy rápidamente cae la noche y así termina un día que luego vuelve a repetirse".

"Las botas tienen que estar de un lado del camastro para que las recojan y se las lleven, porque tienen miedo de que nos fuguemos, teníamos que estar descalzos. Nos ponen las cadenas y, entonces, si tenemos un guardián de mal humor nos agarra y nos pone la cadena tan apretada, que no nos deja dormir. Yo al final logré negociar que me pusieran la cadena en el pie, porque no lograba dormir. Las cadenas eran muy gruesas, los candados eran muy gruesos. Yo terminaba con las clavículas peladas por el roce de la cadena".

"Y se duerme uno como un plomo tratando de olvidar la pesadilla en la que uno está, probablemente habiendo

soñado cosas como, por ejemplo, estoy con mis niños corriendo, y de pronto se levanta uno a una pesadilla, con la cadena en el cuello, con sed, con ganas de orinar. Toca orinar en frente de los guardias. Ustedes se imaginarán lo que era para mí orinar al frente de ellos por la noche, que le ponen a uno una linterna porque hay mucha crueldad y mucha maldad; todo lo que no les cuento porque son cosas como tan mías y es muy doloroso".

"Esta rutina penosa e interminable se rompía cuando sentían pasar un helicóptero. Y sale uno corriendo y con esos equipajes que pesan... Y esas marchas. Lo peor, lo peor son las marchas. Una marcha, levantada a las cuatro de la mañana, empacada de todo el equipo sin luz. Obviamente, se va a poner uno la ropa y está con hormigas y la ropa que nos ponemos en marcha es húmeda, absolutamente mojada, a las cuatro de la mañana ese frío de ese amanecer, porque la marcha es muy larga. Sentí ganas irrefrenables de matar y odio contra mis carceleros. Si hubiera podido lo habría hecho".

24

Love Story
Los tres rehenes estadounidenses

> *Y en medio de las penurias*
> *y privaciones del secuestro, Keith Stansell*
> *se ideó la manera para enviar*
> *esta pregunta de tres palabras:*
> *"¿Quieres casarte conmigo?".*

Thomas Howes, liberado de sus esposas de plástico, recordó que precisamente su secuestro y el de sus dos compañeros, Marc Gonçalves y Keith Stansell, se inició en el aire aquel 13 de febrero de 2003 cuando realizaban una misión aérea en el Departamento del Caquetá.

El día que cayeron en manos de las Farc, cada uno de ellos cumplía con su rutina diaria, que tenía como propósito recabar información sobre los sembradíos de plantas de coca, la cual incluía la toma de fotografías para ser entregadas a las agencias colombianas y estadounidenses encargadas de la erradicación de cultivos ilícitos.

Uno de los tripulantes, que era colombiano, se durmió durante el vuelo mientras arribaban al sitio destinado para recoger la información, cuando de pronto el motor de la

185

aeronave lanzó varios estertores y se silenció; cundió el pánico y todos se miraron sin saber qué hacer, hasta que uno de ellos preguntó que tan cerca quedaba la base de Larandia, en el departamento del Tolima, para lograr aterrizar de emergencia allí, pero el copiloto al revisar las lecturas de los instrumentos de navegación se dio cuenta de que esta ilusión no era posible.

Así, en medio de un claro de la selva la avioneta descendió en rauda y franca picada, en medio del desespero los pasajeros inmovilizaron varios objetos para evitar que causaran traumatismos en el momento del impacto. El piloto gritó ¡*Mayday, mayday, mayday!* por radio al tiempo que comunicaba las coordenadas de ubicación con base en la lectura del Global Positioning System (GPS) o Sistema de Posicionamiento Global.

Con la avioneta fuera de control tocó el suelo, se fraccionó y una enorme humareda de polvo y gases inundó la zona. Como una reacción del instinto de conservación se preguntaron unos a otros si estaban bien, pero uno de los estadounidenses yacía semiinconsciente contra uno de los vidrios y con una herida en la frente y luego el piloto se hizo a uno de los radios de emergencia.

El acompañante colombiano, conocedor de lo peligroso del área donde cayeron, pues era una zona roja —en cuyos terrenos hay frentes de las Farc y constante patrullaje del Ejército de Colombia, lo cual genera constantes enfrentamientos— fue presa de la angustia y del pánico al ver que una columna de guerrilleros de las Farc ya los había ubicado.

Cuando los guerrilleros llegaron les dijeron a los pasajeros y tripulación de la aeronave que no había por qué preocuparse y pidieron que los siguieran.

Así se iniciaba un largo recorrido en las selvas colombianas, recorrido que se convertiría en una rutina: levantarse, asearse, desayunar, esperar, comer, esperar, oír radio, esperar...

En el cautiverio el diario vivir es terrible, aunque a los tres estadounidenses los trataban bien y recibían su alimentación diaria, permanecían incomunicados, no sabían lo que ocurría en el exterior, no tenían noticias sobre su seres queridos, sobre sus familias, sobre sus amigos... era un martirio que ningún ser humano debe soportar bajo ningún punto de vista a tal punto que afecta para siempre la salud de los secuestrados, aunque los captores les "procuran" esporádicos medicamentos.

Pruebas de vida y de sufrimiento

Pero el sufrimiento de Thomas, Marc y Keith, también lo padecieron Ingrid y los militares y policías liberados, como José Miguel Arteaga quien antes de su secuestro, vivía feliz con su familia y su novia, pero además de su libertad, el amor de su vida también fue "secuestrado", pues el alma de su novia y su corazón mismo se los llevaron las Farc selva adentro, pues el amor que le profesaba a José Miguel no conocía de barreras ni de ideologías.

Cuando ocurrió su secuestro, José Miguel tenía planes de casarse, pero por efectos de la distancia que conlleva un plagio, su relación terminó.

Por intermedio de las pruebas de supervivencia, le aseguró a su familia y al amor de su vida que no desfallecería y que mantuvieran la esperanza, a pesar de lo desgarrador que resultaba la descripción de su cautiverio. Además, fue el primero en mencionar la posible demencia de varios de los uniformados secuestrados, como secuela de los tratos a los que eran sometidos por la guerrilla, en medio de los vejámenes e infortunios de la privación forzada de su libertad.

Love Story

En medio de las penurias y privaciones del secuestro, Keith Stansell se ideó la manera para enviar esta pregunta de tres palabras "¿Quieres casarte conmigo?". La receptora de la pregunta era Patricia Medina, una hermosa colombiana que tenía cuatro meses de embarazo de mellizos de Stansell cuando él fue secuestrado el 13 de febrero de 2003, en la víspera del Día de San Valentín.

La pregunta fue enviada a través de un ex compañero de cautiverio: Luis Eladio Pérez, liberado por negociación del Gobierno de Venezuela con las Farc. Pérez se convirtió en el Cupido, en el emisario de la propuesta de matrimonio a su novia.

Patricia Medina se encontró con Luis Eladio en un aeropuerto, mezclada entre un gentío que lo saludaba luego de su liberación, ella se acercó a él en busca de alguna noticia o dato acerca del amor de su vida De manera sorpresiva, el ex Congresista tomó una flor y se la entregó. Le dijo que se la enviaba Stansell, junto con la propuesta matrimonial. Patricia rompió en llanto. Pues con esta noticia sentía que su vida volvía a renacer, después de haber pasado por un trance amargo y doloroso en su lucha para que las autoridades colombianas reconocieran que sus dos hijos, los mellizos Keith y Nicolás, son hijos de Stansell y le otorgaran el derecho a usar el apellido de su padre.

En agosto de 2005 Patricia Medina obtuvo ese derecho para sus hijos, luego de una extensa batalla jurídica ante la

Defensoría del Pueblo y el Instituto Colombiano de Bienestar Familiar la que culminó con el fallo favorable del Juzgado 21 de Familia.

El juzgado, ante la inviabilidad física de realizar una prueba de ADN, aceptó las pruebas documentales y el testimonio de varias personas allegadas a Keith y Patricia, ellos dieron fe, bajo la gravedad de juramento, que la pareja se conoció el 6 de abril del año 2002, mientras ella prestaba sus servicios como auxiliar de vuelo durante la ruta Bogotá-Panamá de la línea aérea Avianca.

A partir de allí se inició un romance y enamoramiento cual Romeo y Julieta, pues se juraron amor eterno y fidelidad a toda prueba, y como testimonio de ese inconmensurable amor están Nicolás y Keith que ahora disfrutan por fin de la vida en familia.

Después de la Operación Jaque, la familia se reencontró en Fort Sam Houston, Texas, y luego se trasladó a Miami, desde donde anunciaron su matrimonio, al cual, de seguro, asistirán los compañeros liberados y la persona que hizo de Cupido: Luis Eladio Pérez. Sin embargo, Keith le cobró a «César» por la privación del encuentro con su amante esposa, cuando le propinó un derechazo que le causó el ojo amoratado con el que el Comandante fue presentado a los medios de comunicación.

En casa

El sueño de Marc Gonçalves de tener a su hija sentada en su regazo con sus pequeñas trenzas en el cabello y rodeado de su familia –sueño reconfortante para soportar las noches del secuestro– que se convirtió en realidad, triunfaron su hija, su madre y sus amigos y familiares que nunca dejaron de invocar plegarias y hablar con todas las personas posibles para lograr la liberación de Marc.

Thomas Howes celebró el 4 de julio en un hospital de Texas, con su esposa Mariana Anduaga, natural de Cajamarca, Perú, y su hijo Tom, de diez años, y Santiago. Ese mismo día su esposa e hijo volvieron a reunirse con Mariana y Tom que estaban de vacaciones escolares en Perú cuando se produjo el rescate que le permitió la liberación.

Mariana y Thomas se conocieron cuando ella trabajaba como recepcionista en un tradicional barrio y hotel en San Isidro, cuando él se encontraba en Lima debido a que la firma Northrop Grummon Corp., que prestaba servicios al Pentágono, le asignó unos operativos antinarcóticos en Perú.

"Mi español ha mejorado"

Durante su cautiverio, Thomas le escribió una carta a su esposa e hijo, la cual fue incautada por organizaciones estatales de seguridad de Colombia, junto con algunos mensajes de supervivencia de los otros dos contratistas estadounidenses y de Ingrid Betancourt, y en un aparte de la misiva le decía: "Mariana, mi amor. Espero que tú y la familia estén bien. Me emocioné y estoy orgulloso de escuchar recientemente tu voz en la radio. Estoy haciendo ejercicio diario y estoy bien de salud. Mi español ha mejorado... por favor, impulsa a Santiago a que llegue a estudios superiores y guía a Tommy en el colegio... Te amo a ti y a los niños, y valoro nuestro matrimonio sobre todas las cosas en el mundo".

Thomas dejó su testamento

Entre las pruebas de vida de Thomas Howes fue hallada una segunda carta que data de noviembre de 2006, titulada

Último deseo y testamento, dirigida a su hermano Stephen. Thomas le pedía que se hiciera cargo de la administración de sus bienes si moría en manos de las Farc y declara como heredera única a su esposa.

El texto del testamento dice: *"En este 26 de noviembre del 2006, yo, Thomas Randolph Howes, ciudadano estadounidense, con el número de seguridad social número 011-38-2012, considero lo siguiente si llego a morir: 1) que mi hermano Stephen Howes sea nombrado administrador de mis bienes. Si él no está vivo al momento de mi muerte, nombro a mi hermana Sally (...) 4) que todas mis posesiones, activos y fondos sean transferidos a mi esposa Mariana A. Howes".*

Si bien Mariana tuvo que dedicarse al negocio de los bienes raíces, el gobierno estadounidense la ha apoyado económicamente. Además, la han mantenido informada, durante estos cinco años, de cómo progresaban los avances para lograr la liberación de Thomas.

Un 4 de julio en libertad

Ya en suelo patrio, Marc Gonçalves, Thomas Howes y Keith Stansell, sienten que las palabras no son suficientes para expresar la emoción y la dicha que los embargan al estar de regreso en Estados Unidos de América, en compañía de sus familias.

Emiten un comunicado a la opinión pública: "Obviamente hay muchas personas a las que queremos agradecer. Sobre todo a nuestras familias por su paciencia, su cariño y su respaldo. Durante cinco años y medio siempre deseamos y oramos por que este día llegara. Ahora que ha llegado estamos abrumados de emoción. El amor y la dicha que sentimos son indescriptibles. También queremos dar nuestros más sinceros agradecimientos al Gobierno y a las Fuerzas Armadas de Colombia. El operativo que realizaron para rescatarnos pasará a los libros de historia algo que jamás olvidaremos el resto de nuestras vidas".

"Colombia es una gran nación con gente grandiosa, y la lucha que han librado con las Farc por más de 40 años es testimonio de su gran espíritu: al igual que nuestros seres queridos aquí, quienes nunca dejaron de creer que la bondad y la decencia humana prevalecería".

"Por último, queremos agradecer a nuestro propio gobierno de Estados Unidos que jamás nos olvidó, tal y como lo demuestran los esfuerzos incansables del excelente equipo conformado por los hombres y mujeres de la Embajada de Estados Unidos en Bogotá, Colombia".

PARTE
VI

EL CÁNCER TERMINAL
DE LAS FARC

25

El cáncer terminal de las Farc: cocaína y secuestro

Raúl Reyes se justifica

"La mayoría de nuestros combatientes proviene de estratos sociales muy humildes. Muchos de ellos han sido víctimas del terrorismo del estado y deciden ingresar a la guerrilla porque aquí ven un futuro y sobre todo ven la garantía de defender su propia vida. La mayoría son jóvenes que no han tenido oportunidades, porque el estado no les ha ofrecido nada. También tenemos guerrilleros que provienen de estratos medios y altos. Se trata sobre todo de luchadores sociales...".

"La edad de reclutamiento en las Farc-Ep es de los 16 a los 30 años. En los campamentos nuestros puede haber menores de edad pero no están en calidad de combatientes. Estos menores están recibiendo la educación que el Estado les ha negado".

"Nuestra organización hace una selección muy rigurosa de sus integrantes. Un joven antes de ingresar a nuestras filas pasa por todo un proceso. Lo primero que hacemos es explicarle de que se trata. Que compromiso va ha adquirir con nuestra organización. Para eso es necesario explicarle que son las Farc-Ep, porque lucha, cual es su proyecto político, cuales sus normas, reglamentos y sus estatutos. Todo esto para que el joven tenga todos los elementos para decidir si desea realmente ingresar a nuestro ejército y adquirir así su compromiso con el proyecto revolucionario".

"El joven combatiente se compromete en primer lugar a luchar en defensa de los intereses de su pueblo. En segundo lugar, a sacar adelante el plan estratégico de las Farc-Ep. Tercero a cumplir con los planes, y tareas que emanen del mismo plan, y en cuarto lugar a cumplir los reglamentos, principios, y estatutos, así como a seguir los lineamientos políticos e ideológicos de la organización. La decisión de incorporarse tiene que tomarla libremente. Nosotros no hacemos ningún tipo de reclutamiento forzoso... Aquí el guerrillero no recibe ningún sueldo. Se le da todo lo que necesita para vivir y combatir".

"El joven atraviesa por todo un proceso de formación político-militar, cultural e ideológica. En la etapa de reclutamiento los jóvenes van a una escuela básica de reclutas que puede durar de tres a cinco meses. Allí conocen lo básico del guerrillero. Lo primero que van a conocer es el porque luchamos. Le damos a conocer el "Programa Agrario de los Guerrilleros", la "Plataforma para un Gobierno de Reconstrucción y Reconciliación Nacional", que es el programa del Movimiento Bolivariano por la Nueva Colombia; se estudian también tres documentos importantes: los estatutos, el régimen interno disciplinario y las normas internas de comando, que son la columna vertebral de nuestras normas".

"Una vez finalizada esta etapa, se puede decir que está listo para ingresar al grueso de nuestra tropa. Ya estando en las unidades farianas, el joven inicia su carrera como profesional revolucionario. Nuestras normas dicen que después de dos años, de acuerdo a su experiencia, comportamiento, valor, entrega y al espíritu de superación, así como a su responsabilidad y a la calidad de su trabajo, al guerrillero ya se le pueden dar cargos de responsabilidad".

"Lo primero que hacemos es promocionarlo a mando. Iniciándose como reemplazante de escuadra. Es desde ese momento cuando empieza a recibir grados: comandante de escuadra, reemplazante de guerrilla, comandante de guerrilla, y así sucesivamente hasta que va adquiriendo grados de mayor responsabilidad como puede ser reemplazante o comandante de columna. En este nivel el combatiente ya puede ejercer como comandante de frente o miembro de Estado Mayor de Frente…".

Estructura jerárquica de las Farc

Comandante en Jefe de las Farc-Ep, es quien toma las decisiones finales. Alfonso Cano es quien ocupa este cargo después de la muerte de Manuel Marulanda, Tirofijo.

Secretariado, con siete dirigentes y dos suplentes elegidos por el Estado Mayor Central. El Secretariado es el que designa el alto comando o jefe de cada bloque y coordina las áreas a cubrir de cada bloque.

Estado Mayor Central, está compuesto por 30 de los más altos comandantes incluidos los siete miembros del Secretariado. Este es el organismo de mayor rango en dirección y comando de las Farc-Ep. Sus acuerdos, órdenes y decisiones mandan sobre toda esta organización y sobre sus miembros.

Bloque, consiste de entre cinco o más frentes. En siete bloques está dividido el país estratégicamente para un mejor manejo y control.

Frente, de 50 a 500 hombres, quienes controlan y atacan ciertas áreas.

Columna: las columnas son frentes más largos, los cuales están divididos en columnas.

Compañía: una compañía son usualmente unos 50 hombres que siempre permanecen juntos, y planifican emboscadas y otros ataques sorpresas.

Guerrilla: consiste de dos pelotones.

Pelotón: la unidad básica, que consiste de 12 combatientes.

Cómo vive un guerrillero

Al igual que la rutina de los secuestrados, la de sus cancerberos comienza hacia las 4:00 de la madrugada, cuando varios guerrilleros salen en patrulla y otros permanecen prestando guardia alrededor del campo.

Muchos de los que permanecen en el campamento participan, además de sus labores propias, en programas de educación donde se enseñaba lectura, escritura y matemáticas básicas, pues la mayoría de los guerrilleros y guerrilleras son campesinos y algunos analfabetos. Así, los guerrilleros de mayor instrucción les enseñan una educación básica y los instruyen en los conceptos fundamentales del marxismo durante dos horas cada tarde.

Mientras unos son adoctrinados en los principios de Marx, los otros participan en entrenamiento militar, manejo de armamento, técnicas de camuflaje, sembrado de minas antipersonal, elaboración de explosivos, comunicaciones, técnicas de supervivencia y combate. Después de la última comida, los que no desempeñan patrullaje o guardia, observan noticieros y participan en discusiones de grupo sobre situaciones políticas y culturales. En ocasiones hacen "peñas literarias" en las cuales escuchan música, hacen teatro y leen poesías inspiradas en sus ideales revolucionarios. Igual que un secuestrado extrañan a su familia, a su almuerzo dominguero departiendo con sus seres queridos o disfrutando de su libertad, la cual también está "secuestrada", pues varios están en este movimiento por presiones contra su familia o por reclutamiento forzado desde los más tiernos años de la segunda infancia.

Además, con frecuencia el campamento guerrillero y sus secuestrados son trasladados por razones de seguridad. Esto implica empacar y trastear, excepto la infraestructura de madera, para el viaje a otra parte de la selva en donde sacan sus machetes y comienzan a construir un nuevo campamento, pues la mayoría es, como ya se dijo, campesinos. Una de estas movilizaciones con sus extensas caminatas, causó la enfermedad que segó la vida del Capitán Guevara, debido a la escasa y criminal asistencia médica que recibió de parte de sus captores.

Médicos farianos

Y hablando de asistencia médica, si para los secuestrados es mínima, los guerrilleros no siempre la tienen a su disposición.

Una de las guerrilleras que recientemente se desmovilizó explica cómo es el procedimiento cuando un guerrillero se enferma o es herido: "Hay siempre varios guerrilleros que pueden aplicar asistencia médica básica. Y estos guerrilleros pasan este conocimiento a otros por lo que cada unidad siempre tiene médicos. Y si se necesita de cirugías se transporta a la persona a uno de los hospitales de las Farc, los cuales están provistos de doctores y de equipos médicos".

Amor y asesinato en las Farc

Entre los carceleros de las Farc hay algunos de mayor edad y que son los que comandan, como lo es el claro ejemplo de Édgar Devia, más conocido como Raúl Reyes, quien militó en este grupo por más de 25 años y terminó formando parte del Secretariado de las Farc, hasta cuando fue dado de baja por el Ejército de Colombia en una sorpresiva operación militar controvertida por Ecuador, Venezuela y Nicaragua por haberse efectuado en territorio ecuatoriano sin autorización del Gobierno de Quito.

La mayoría, sin embargo, tiene alrededor de 20 años, varios son parejas y conviven como tal. Cualquier par de guerrilleros que desee entablar una relación entre uno y otro tienen que obtener el permiso de su comandante, el cual es raramente negado.

Como a los guerrilleros los rotan se les hace difícil mantener relaciones a largo plazo y así es muy complicado para ellos involucrarse en relaciones bajo tales condiciones. Además que no se sabe cuándo uno de ellos va a ser enviado a alguna parte y si se separan no es posible seguir en contacto, pero a ellos los adoctrinan que el compromiso revolucionario prima sobre los sentimientos del corazón lo cual hace sus relaciones de pareja poco convencionales por lo inestable de sus vidas y las relaciones sexuales cambiando de parejas rodeadas por el síndrome de una posible y sorpresiva muerte en cualquier instante. La infidelidad de un guerrillero es parte de su reafirmación por su supervivencia.

Esta es la cara amable de la convivencia, pero hay casos aberrantes en los que la soledad de la espesa manigua y el no contacto con la civilización hace que se cometan acciones indignas para la "ética revolucionaria".

Una joven guerrillera de 17 años de edad que estaba bajo el mando de alias "El Conejo", al constatar su embarazo, desertó de las filas revolucionarias cuando fue dejada en una casa en la vereda Nazareno en Planadas, Tolima, con explosivos y, como a ella le habían advertido del aborto, aprovechó para darse a la fuga.

Con sus tres meses de gestación escapó para evitar que la sometieran a un aborto y salvar así la vida de su hijo, cuando supo que sus comandantes la iban a obligar a tomar bebidas preparadas con químicos abortivos.

Ser mujer en la guerrilla, a pesar de que allí se pregona la igualdad de género, es una odisea, pues para los mandos las guerrilleras rasas tienen menor importancia militar y el respeto deben ganarlo a punta de bravío.

Fusil y sexo

Muchas de las combatientes no sobrepasan los 16 años de edad, no se han enamorado, otras son huérfanas o víctimas de la violencia doméstica, reflejo de una realidad social rural excluyente y promiscua, su único futuro es la prostitución o un hijo inesperado en una noche de rumba o el rechazo familiar las obliga a huir de sus hogares. Otras simplemente se refugian en las armas y la fuerza que ofrecen las guerrillas de Colombia para defender ideales políticos.

40% de las filas de las Farc está constituida por mujeres que visten uniformes, portan fusil y se declaran revolucionarias. Estas niñas y mujeres tienen relaciones sexuales con varios de los comandantes, jefes de cuadrillas o guerrilleros rasos. Algunas se enamoran, desean ser madres y no logran soportar el embate de perder un hijo, por lo que deciden desertar.

En la guerrilla hay una ley inviolable: los niños o niñas que nazcan dentro de los grupos deben prestar servicio cuando estén en edad de operar. Por ello la sentencia del fallecido jefe máximo de las Farc Manuel Marulanda sobre Emmanuel, el hijo de Clara Rojas nacido en cautiverio: "Ese niño es mitad nuestro y mitad de la madre".

Promiscuidad guerrillera

Oficialmente, las relaciones sexuales entre guerrilleros están permitidas los martes y los domingos. Las parejas deben inscribirse y actuar como tales, quien no tiene pareja puede escoger.

Graciela a los 18 años de edad escapó del Frente 32 del Bloque Sur de las Farc la noche anterior a su fusilamiento, con siete meses de embarazo, producto del abuso brutal y sexual del segundo comandante guerrillero del Frente 32 conocido como Giovanni o "El Paisa", que en una noche llena de droga y ebrio por el licor y el poder abusó de Graciela porque, según él, ella estaba para servir a los "valerosos" combatientes la revolucionarios.

El futuro de las Farc

Desde la Operación Jaque y según el Ministerio de Defensa de Colombia, la moral de las Farc está más baja que nunca, pues más de 120 guerrilleros se han entregado al Ejército.

Las desmovilizaciones han tenido un crecimiento sin precedentes, especialmente en el último año. Ahora hay cerca de 8.000 guerrilleros de las Farc, frente a los 17.000 de 2002. Estas deserciones se deben, entre otras cosas, a que los ánimos de muchos están por los suelos.

Adicionalmente a la cocaína y al secuestro, la altísima tecnología de rastreo que ha aportado Estados Unidos conduce, necesariamente, a que cada día más y más guerrilleros sean detectados, acorralados, perseguidos o dados de baja. Sólo la desmovilización hacia una salida negociada podría impedir un lánguido o sangriento fin de las Farc.

Origen de las Farc

Desde los tiempos de la violencia colombiana en las décadas de 1940 y 1950 entre liberales y conservadores por razones de odio político, rivalidades de sus dirigentes, apropiación de tierras, se configuró un movimiento de insurrección, de respuesta a las interminables masacres estimuladas por los gobiernos conservadores y liberales a lo largo y ancho del país.

Así surgieron las guerrillas liberales en los llanos orientales de Colombia, en donde se armaron de cuchillos, machetes, pistolas y revólveres para luchar contra los desmanes y asesinatos sistemáticos estimulados por el gobierno conservador desde Bogotá y en todas sus jurisdicciones.

Un grupo de hombres comandado por figuras que ya forman parte de la memoria de 50 años en Colombia, entre ellas Tirofijo, hicieron frente a las fuerzas regulares leales al Gobierno de la década de 1940.

Se enfrascaron en una guerra de guerrillas en donde ambos bandos, conservadores y liberales, sufrieron bajas, morían hermanos, hijos, esposos, padres y miles de colombianos que tiñeron con su sangre ríos, playas, valles y montañas del país.

Y así se siguieron los enfrentamientos en esa época fratricida conocida como La Violencia. Uno de ellos, en 1966, fue el bombardeo de la Fuerza Aérea en Marquetalia, Tolima, en donde las guerrillas vieron diezmadas sus fuerzas, pero en ese mismo ataque aéreo, comandado por el Coronel Correa Cubides, un reducto de no más de 17 hombres logró huir.

Entre ellos figuraban Manuel Marulanda, conocido luego con el alias de "Tirofijo", Jaime Guaracas, y José Losada quienes rearmaron el movimiento guerrillero. Así, esos 17 hombres que se salvaron del bombardeo se convirtieron en más de 18.000 hombres armados, pero ya no liberales ni conservadores sino con una ideología marxista-leninista estimulada por el triunfo de Fidel Castro en Cuba, cuando desde el combate de Sierra Maestra lograron derrocar al gobierno dictatorial de Fulgencio Batista en La Habana.

Alentados por el ejemplo castrista, este grupo insurgente recibió apoyo foráneo de la Unión Soviética y cada vez más aparecían otros grupos insurgentes como el Eln, el Epl, el M-19 con ideología y propósito similar: la toma del poder.

Un ideal que se vio manchado por un demonio que corrompe todo lo que toca, todo lo que ve, todo lo que huele, todo lo oye... la coca y su tráfico y pervertida moralmente con la utilización del secuestro como forma inhumana de lucha.

De la selva al Gobierno

En el año de 1982 el gobierno de Belisario Betancourt inició diálogos de paz con el movimiento guerrillero de las Farc, en un esfuerzo por consolidar una paz y los invita a la participación política en forma democrática. Los encargados en 1984 de estos diálogos por el Presidente fueron su Ministros Jaime Castro y Álvaro Leyva Durán, quienes se reunieron con Estado Mayor de las Farc en Casa Verde.

El Gobierno de Belisario Betancur propició el surgimiento de la Unión Patriótica, logrando así que muchos jóvenes en vez de irse a la guerrilla se integraran a la democracia partidista.

Nace así la Unión Patriótica: una convergencia de fuerzas políticas a raíz del acertado proceso de negociación adelantado a mediados de la década de 1980, entre el gobierno del Presidente Belisario Betancourt y el Estado Mayor de las Farc.

En 1984, y como fruto de esos diálogos, las partes pactaron varios compromisos sellados con la firma de los llamados "Acuerdos de La Uribe". En ellos se estipuló el surgimiento de un movimiento de oposición como mecanismo para permitir que la guerrilla se pudiera incorporar paulatinamente a la vida legal del país.

Las condiciones que permitirían ese tránsito a la legalidad consistían en un compromiso oficial para garantizar plenamente los derechos políticos a los integrantes de la nueva formación política, y la realización de una serie de reformas democráticas para el pleno ejercicio de las libertades civiles. En 1986, en su primera participación electoral, sacó 320 mil votos. Lamentablemente para la democracia colombiana, desde sus mismos inicios la Unión

Patriótica fue sometida a hostigamientos y atentados. En 1984, se presentaron los primeros asesinatos y "desapariciones" forzadas. Tras las agresiones se percibía, al parecer, la actuación de agentes estatales, paraestatales o de integrantes de grupos paramilitares.

En el año de 1987 se desató en todo el país una despiadada política de exterminio contra los militantes, simpatizantes, dirigentes, concejales, alcaldes y parlamentarios de la Unión Patriótica y el Partido Comunista Colombiano. Fueron asesinados cerca de 3.000 militantes del PCC y de la UP. Entre los miembros más reconocidos de ese movimiento político que fueron asesinados están Bernardo Jaramillo, Jaime Pardo Leal y Manuel Cepeda quienes no tenían pasado guerrillero.

El cáncer terminal de las Farc

En sus inicios las Farc prohibieron la siembra de coca en las zonas de su influencia y dominio con criterio revolucionario, pero debido a la creciente presencia de esos cultivos, y su gran rendimiento monetario, permitieron que parte de las parcelas fueran sembradas con las hojas de coca, siempre y cuando se mantuvieran otros cultivos de subsistencia.

Mientras por una libra de café un campesino recibía escasamente 1 dólar, un kilo de cocaína se negociaba hasta por US$10.000. Las Farc comenzaron a gravar a los narcotraficantes con impuestos a la producción de coca, a la entrada de insumos, la salida de la cocaína ya procesada y a la vigilancia de los aeropuertos y rutas de embarque.

Y después evolucionaron hacia sus propios cultivos y laboratorios, y en algunas zonas llegan a monopolizar la compra y la venta, a establecer precios fijos y a tener sus propias reservas de drogas que han canjeado por armas procedentes del mercado negro internacional.

Secuestro o "la muerte suspendida"

Etimológicamente hablando, la palabra secuestro tiene su origen en el vocablo *sequestrare*, que significa "apoderarse de una persona para exigir rescate, o encerrar a una persona ilegalmente".

El secuestro constituye una violación a los derechos humanos, que atenta contra la libertad, integridad y tranquilidad de las familias víctimas del delito. Igualmente, es una violación a los artículos 1, 3, 5 y 9, de en la Declaración Universal de los Derechos Humanos adoptada y proclamada por la Asamblea General de las Naciones Unidas en su resolución 217 (III) del 10 de diciembre de 1948 que rige actualmente.

Por tanto, el secuestro no sólo afecta a la víctima sino a la familia en general; ya que éstos son sometidos a lo que los psicólogos, que trabajan el duelo, conocen como el proceso de la "muerte suspendida", que es la angustia que caracteriza al secuestro.

Mediante el secuestro se sustrae, retiene u oculta una persona, con el propósito de exigir por su libertad algún provecho, o cualquier utilidad, o para que se haga u omita algo, o con fines publicitarios o de carácter político.

EPÍLOGO

INGRID BETANCOURT

Símbolo de Libertad y Coraje
en Francia y Colombia

26

Ingrid Betancourt:
símbolo de libertad y coraje

Hija de Gabriel Betancourt, Ministro de Educación durante el régimen militar del General Gustavo Rojas Pinilla y de Yolanda Pulecio, reina de belleza y ex Senadora. Ingrid nació el 25 de diciembre de 1961, en Bogotá y vivió parte de su infancia en Francia, siendo su padre, durante algunos años, Embajador de Colombia ante la UNESCO.

La familia se instaló en la famosa Rue Foch de París "en un apartamento inmenso decorado con gusto y refinamiento: muebles del siglo XVIII, cuadros de grandes maestros, porcelanas chinas, tapetes de ensueño", narra Ingrid Betancourt en su libro del año 2001: *Con la rabia en el corazón*.

En su casa de París desfilan personalidades políticas colombianas. Se codea también con el poeta chileno Pablo Neruda, amigo íntimo de sus padres. Pablo juguetea con la pequeña niña Ingrid y le recita versos. Así, Francia se convierte en la quintaesencia de la formación cultural de Ingrid.

Su padre le enseña que ella tiene una deuda para con su país natal:

"Debes saber, Ingrid, que Colombia nos ha dado mucho. Es gracias a ella que has conocido Europa, que has ido a las mejores escuelas y que has vivido en un lujo cultural que ningún niño colombiano conocerá nunca. Todas estas posibilidades de las que has disfrutado hacen que hoy tengas una deuda hacia Colombia. No lo olvides".

A los 19 años deja de nuevo Bogotá para realizar sus estudios en París. Graduada en Ciencias Políticas, se casa con Fabrice Delloye, un diplomático francés. Tiene con Fabrice dos niños: Mélanie y Lorenzo. Vive durante varios años una vida tranquila de la esposa de un diplomático, pero siempre preocupada profundamente por su Colombia natal.

En 1975 los padres de Ingrid se divorcian. Unos meses después su madre es designada funcionaria en la embajada de Colombia en París y se produce un afortunado reencuentro de la familia.

En 1989, su madre, que sería Senadora de Colombia, trabaja en la campaña electoral de Luis Carlos Galán Sarmiento, candidato a la elección presidencial del año siguiente. En plena "guerra de las bombas", Galán es el único que se atreve a pedir que Colombia firme el Tratado de Extradición para los narcotraficantes que Estados Unidos reclama. El 18 de agosto de 1989, Galán es asesinado bajo la horrorizada mirada de la madre de Ingrid. Hay un punto de inflexión en la vida de Ingrid. Comprende que debe volver de nuevo a Colombia y luchar.

En 1990 Ingrid se separa de Fabrice Delloye, y en diciembre de 1996, ya Congresista, recibe amenazas de muerte y envía a sus dos hijos a Nueva Zelandia, donde residía su ex marido. En febrero de 1995, junto con Carlos Alonso Lucio, Ingrid se entrevistó con los hermanos Gilberto y

Miguel Rodríguez Orejuela, jefes del cartel de Cali, para aclarar si hubo o no acuerdos entre los Rodríguez y el gobierno para capturar a Pablo Escobar, líder del cartel de Medellín y muerto en diciembre de 1993 al parecer por un pacto entre El cartel de Cali-La Policía Nacional -Carlos Castaño el jefe de los paramilitares.

Ingrid recibió amenazas de muerte por sus continuas denuncias por la corrupción y los nexos entre políticos y narcotraficantes, debido a esta situación tomó la decisión de enviar a sus hijos a vivir con su padre en Francia. En 1998 dejó el Partido Liberal y fundó el Partido Verde Oxígeno afín a los partidos verdes europeos aunque su principal bandera fue la lucha contra la corrupción. Consigue de nuevo llegar al Senado con su nuevo partido.

Durante su carrera política, Ingrid despierta el interés de la opinión pública por su lenguaje directo e irreverente y por su forma simbólica de hacer política. Todavía están presentes actos como la huelga de hambre que realizó en el Congreso, los episodios en los que repartió condones en las calles argumentando que "la corrupción es el sida de la política en Colombia" y Viagra para "parar a los corruptos" y cuando inició su campaña a la presidencia dándole tres besos a la estatua del Libertador Simón Bolívar en la Plaza de Bolívar de Bogotá.

Secuestro en campaña

La noche del 22 de febrero de 2002 Ingrid llama desde su teléfono celular a Néstor León Ramírez, alcalde por el partido Oxígeno en San Vicente del Caguán, en el Departamento del Caquetá y bastión de las Farc."Ella me dijo que estaba conmigo en las buenas y en las malas y que iba a

San Vicente a darme apoyo. Le dije que había problemas en el camino, porque la guerrilla estaba haciendo hostigamientos, pero ella era así tajante, me dijo que la esperara y que ella iba", cuenta el ex alcalde. Para ese entonces, se había producido el fin del diálogo de paz del Gobierno del Presidente Andrés Pastrana con la guerrilla y el Estado reingresaba con sus tropas en la zona del Caguán.

Ingrid Betancourt y su compañera candidata a la vicepresidencia, Clara Rojas, llegaron a Florencia, capital de Caquetá, y al no ser incluidas en el helicóptero ofrecido por el Presidente Andrés Pastrana Arango, se desplazan en una camioneta rumbo a San Vicente por una carretera dominada en gran parte por la guerrilla. Al mediodía del 23 de febrero de 2002 son secuestradas. Y aunque ya era reconocida en el mundo entero, esta desgracia le valió la solidaridad a nivel internacional y en especial en Francia. Su compañera fue liberada seis años después en un operativo humanitario gestionado por el Presidente de Venezuela Hugo Rafael Chávez Frías y la Senadora colombiana Piedad Córdoba.

* * *

La valentía y lucha de toda su familia por la liberación de Ingrid, la encarna Yolanda Pulecio, madre de Ingrid. Yolanda ha dedicado la mayor parte de su vida al servicio de Colombia. Desde 1958, ha ayudado a los niños de la calle a través de su ONG, el Albergue Infantil de Bogotá, galardonado con el Premio Naciones Unidas/Viena a la Sociedad Civil.

También sirvió durante muchos años como congresista y diplomática.

Ya retirada de la arena política, Yolanda se vio enfrascada en una nueva campaña: la liberación de su hija, y para ello se entrevistó con Hugo Chávez, con el Papa Benedicto XVI, le envío mensajes a los guerrilleros de las Farc, al gobierno del Presidente Uribe, estuvo presente en varias cumbres presidenciales de América Latina, acudió a cuanta movilización ciudadana se presentaba por la liberación de los secuestrados, a ex presidentes de Colombia, habló con la gente de todas las esferas sociales... en fin, movió cielo y tierra; y de una forma u otra su propósito se cumplió: Ingrid está a su lado. Ahora, con su hija libre y en el seno de la familia, se propone una nueva cruzada: la liberación de todos los secuestrados de Colombia.

En la lucha por la liberación de Ingrid, su hermana Astrid jugó igualmente un papel de altísima labor humanitaria y diplomática en Francia que influyó para que el Gobierno de Francia asumiera como causa propia la liberación de su adorada hermana Ingrid.

Astrid también se reunió con el Presidente Hugo Chávez, con el Presidente Rafael Correa, con el Gobierno de Francia, encabezó varias marchas en pro de la liberación, apoyó los movimientos de liberación de Ingrid, le envió mensajes al Secretariado de las Farc... Astrid se convirtió en una de las voceras más activas de la familia.

Hoy día la familia está reunida de nuevo, superando los sinsabores del secuestro de Ingrid y con la mirada puesta en recuperar el tiempo perdido.

Francia e Ingrid

"Lloro de alegría", estas fueron las tres palabras que Ingrid pronunció al llegar a tierras francas, donde la recibió el

Presidente Nicolás Sarkozy. "*He soñado por siete años vivir este momento. Es realmente emocionante poder respirar el aire de Francia y estar con ustedes. Ha ocurrido un milagro, un milagro por el que le doy gracias a Dios. Le debo mi vida a Francia. Si Francia no hubiera luchado por mí, no estaría haciendo este viaje extraordinario*", agrega.

La lucha de su familia entera por la liberación generó una movilización pujanteen el Gobierno de Francia, con un millón de comités y su retrato fue puesto en la entrada de la Alcaldía de París, de varias localidades (portada de este libro), y hasta en la cima del Mont Blanc cuando Francia asumió la presidencia de la Unión Europea.

Y luego de su rescate fue recibida por el propio Presidente Sarkozy y su esposa Carla Bruni en la escalerilla del avión que la transportó desde Colombia hacia Francia. Un recibimiento que sólo se le brinda a un Jefe de Estado.

El 14 de julio de 2008 Ingrid Betancourt recibe de manos del presidente francés Nicolás Sarkozy, la Legión de Honor francesa en el Grado de Caballero. Ingrid Betancourt declaró que dedicaba el galardón a "todos los que sufrieron", "los que no volvieron" y "los que siguen cautivos".

En la Francia del novelista y político André Malraux, de Simone de Beauvoir, de los inmortales Camus y Sartre, de Voltaire, de Napoleón y de Josefina, Ingrid Betancourt es un símbolo moderno y combativo de la libertad, así como los franceses que animaron al pueblo en la Toma de La Bastilla en plena Revolución Francesa.

Por todo lo anterior, varios analistas opinan que el futuro de Ingrid está, primero, en la arena política de Francia, inclusive para desempeñar un alto cargo en el Gobierno de

Francia; además los galos la proponen para Premio Nobel de Paz. Ojalá…

El 10 de septiembre de 2008, Ingrid Betancourt es galardonada con el Premio Príncipe de Asturias 2008 a la Concordia, porque "personifica a todos aquellos que en el mundo están privados de libertad por la defensa de los derechos humanos y la lucha contra la violencia terrorista, la corrupción y el narcotráfico". Ingrid fue postulada por el ex presidente colombiano Belisario Betancur, la ex presidenta irlandesa Mary Robinson y el cineasta Woody Allen. El premio le será entregado por el príncipe heredero de la corona española D. Felipe de Borbón.

"En Colombia tenemos que pensar de dónde venimos, quiénes somos y a dónde queremos ir.

Yo aspiro a que algún día tengamos esa sed de grandeza que hace surgir a los pueblos de la nada hacia el sol. Cuando seamos incondicionales ante la defensa de la vida y de la libertad de los nuestros, es decir, cuando seamos menos individualistas y más solidarios, menos indiferentes y más comprometidos, menos intolerantes y más compasivos, entonces ese día seremos la nación grande que todos quisiéramos que fuéramos.

Esta grandeza está ahí dormidita en los corazones.

Pero los corazones se han endurecido y pesan tanto que no permiten sentimientos elevados".

Ingrid Betancourt

J. G. Ortiz Abella redactor e investigador, con estudios en Relaciones Internacionales y Conflictos militares de la Universidad Jorge Tadeo Lozano de Bogotá. Ex director de *Guía Mundial*.

Steven Dudley periodista que ha pasado más de diez años viviendo y reportando sobre Colombia para medios extranjeros como el *Washington Post*, el *Miami Herald* y *National Public Radio*.

Simón Romero es un periodista norteamericano que ha sido el Jefe de la Oficina Andina de *The New York Times* desde 2006, con sede en Caracas, Venezuela. Fue corresponsal de *Times* con sede en Houston, Texas.

Juan Forero es responsable de cubrir Colombia y Venezuela para *The Washington Post*. Ha escrito para *Star-Ledger of Newark*, NJ, *Newsday*, *The San Diego Union-Tribune*.

Claude-Marie Vadrot investigador francés quien ha sido reportero del *Journal du Dimanche*, profesor, periodista sobre temas de guerra, ambiente, historia, ecología, entre otros medios europeos.

"DORIS ADRIANA" LA AMANTE COMPAÑERA DEL "COMANDANTE CÉSAR"

La bella "Doris Adriana" a los 16 años de edad, cuando ingresa en las Farc.

De Jefe de Compras de Armas en Brasil, Venezuela y Surinam.

El día de la captura, febrero 1 de 2008, a sus 36 años.

The Washington Post

"En el ardid de la selva colombiana, EE. UU. desempeñó un papel silencioso"

Dick Cheney
Vicepresidente de EE. UU.

«El Embajador de los EE.UU. en Bogotá, William R. Brownfield, informó del Operativo al Vicepresidente Cheney, a la secretaria de Estado Condoleezza Rice y otros funcionarios de la administración Bush en una videoconferencia».

***

«Un equipo de Fuerzas Especiales de EE.UU. se sumó a las tropas colombianas de elite de seguimiento de los rehenes a través de la selva del sur del país».

Condoleezza Rice
Secretaria de Estado de EE. UU.

***

«En los frenéticos días antes de la operación, funcionarios de Colombia y EE.UU. discutieron detalles de la operación, la solución de problemas y considerando todas las posibilidades».

***

Y Brownfield dijo "Procedan".

William Bronfield
Embajador de EE. UU. en Colombia

EL PUÑETAZO O LA DULCE VENGANZA DE KEITH STANSELL AL COMANDANTE "CÉSAR"

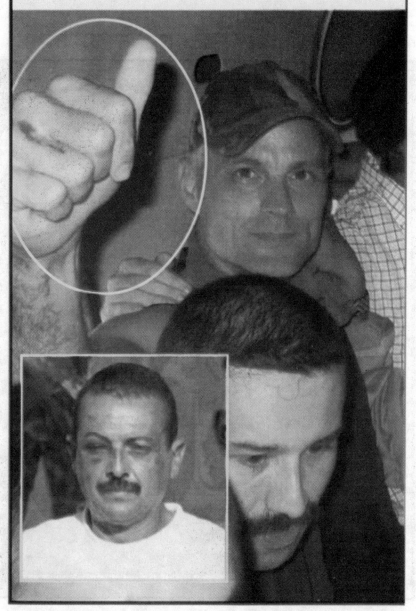

Se dijo que el golpe en el ojo del Comandante «César» fue causado al ser inmovilizado y desarmado dentro d el helicóptero. Pero fue diferente: se trató de un «derechazo» de Keith Stansell, uno de los tres americanos liberados, que furioso le cobraba los horrores de su infame secuestro, tal como nos lo corroboró el Agente Especial.

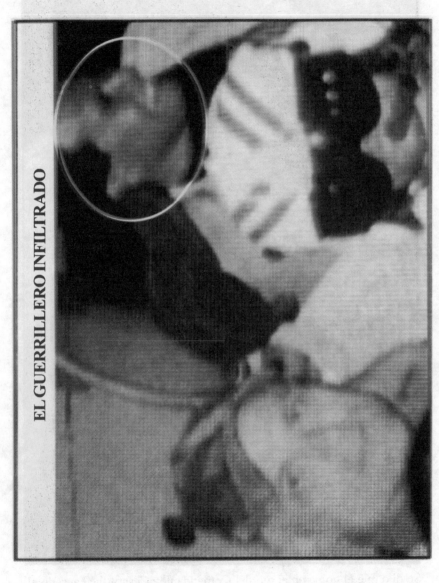

EL GUERRILLERO INFILTRADO

En la foto el miembro del Comando de Rescate que portaba la camiseta del Che Guevara y quien era el guerrillero infiltrado

The New York Times

"La ayuda de los EE. UU. fue clave para el rescate en Colombia"

"EE. UU. desempeñó un mayor papel en los antecedentes del rescate de 15 rehenes en la selva de Colombia que lo que ha sido en verdad reconocido, incluyendo el despliegue de mas de 900 efectivos militares estadounidenses al comienzo de este año, empeñados en localizar a los rehenes, según el relato oficial de este esfuerzo".

Keith Stansell

***

«Incluyendo mas de 40 miembros de las fuerzas especiales que se encontraban incluidos en las operaciones de búsqueda y rescate de los americanos».

Marc Goncalvez

***

«El oficial que entregó detalles de la operación hablo con El New York Times y otras muchas organizaciones, pidiendo no ser identificadas por la sensibilidad política que rodea el ingreso a las Fuerzas Americanas en Colombia. Mientras que los colombianos y los americanos convinieron detalles de la operación hasta que fue puesta en marcha, algunas diferencias emergieron como cuando los oficiales americanos se resistieron a un plan de dos antiguos rebeldes entre los comandos a bordo del helicóptero, aparentemente en una tentativa sugerencia que podría preocupar a la guerrilla para entregar a sus cautivos».

Thomas Howes

FRANCIA YA HABÍA PAGADO POR LA LIBERACIÓN DE INGRID BETANCOURT

J. P. Gontard
El mediador suizo

Noel Sanz de Francia

Alfonso Cano
y Gontard

Simón Trinidad y
el ex embajador D. Parfait

Astrid Betancourt, dedicada a
liberar a Ingrid

El Hércules Francés enviado a
recoger a Ingrid

Raúl Reyes escribe este e-mail a Noel Sanz, que fue encontrado por el Ejército colombiano, en su computador: *«Resultan inexplicables las razones que ustedes tuvieron para entregar dinero por la libertad de la señora Ingrid Betancourt, sin antes haber contado con las identidades y garantías de quienes resultaron responsables de asaltarlos y estafarlos en sus buenas intenciones humanitarias».* Al efectuar el pago el Gobierno de Francia a las Farc envió un avión Hércules a Manaos para recibir a Ingrid Betancourt.

EL COMANDO SUR DE LOS EE. UU.

Almirante James Stavridis
Jefe del Comàndo Sur

«*Bill Costello, coronel del Ejército de EE. UU. y vocero del Comando Sur, dijo que el jefe del comando, el almirante James Stavridis, tenía conocimiento por adelantado de la operación y conocía los planes del mismo. Desde que los tres estadounidenses fueron tomados como rehenes, afirmó Costello, la base del Pentágono había llevado a cabo 3.500 vuelos de "inteligencia, vigilancia y reconocimiento" para buscar información con objeto de liberar a los hombres. Ellos siguieron 175 pistas de inteligencia, gastaron $250 millones en el esfuerzo desde febrero del 2003, y dedicó 35 trabajadores a tiempo completo a los esfuerzos, principalmente de reconocimiento, dijo Costello. Esas 35 personas trabajaron a tiempo completo en el caso durante los años del cautiverio, y no tenían una sede única*». (Fred Álvarez)

LA PARTICIPACIÓN ISRAELITA

«*Según un artículo del periodista Yossi Melman, del diario israelí* Haaretz, *la actividad israelí en la operación de rescate implicó a decenas de expertos de seguridad y fue coordinada por la empresa Global CST, propiedad del ex jefe de planificación del Estado Mayor israelí, General Israel Ziv, y el General de Brigada y antiguo responsable de inteligencia militar, Yosi Kuperwasser*».

General Israel Ziv

UN COMANDO DE RESCATE LUCE EN EL PECHO EL EMBLEMA DE LA CRUZ ROJA, ANTES DE LA OPERACIÓN JAQUE

La versión «oficial» ocultó la verdad: «*El mandatario* (Álvaro Uribe) *señaló que... el oficial vio muchos guerrilleros* (cuando llegaban al sitio) *y por el nerviosismo se puso sobre su chaleco una tela con los emblemas de la Cruz Roja Internacional*»...

Además, en ambas fotografías se aprecia al guerrillero infiltrado luciendo la camiseta con la imagen del Che Guevara,